www.mayabook.co.kr

www.mayabook.co.kr

세상은 넓고
맞을 놈은
많다.

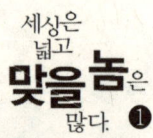

지은이 | 정현
펴낸이 | 권순남
펴낸곳 | (주)마야·마루출판사
등록 | 2008. 1. 7 (제310-2008-00001호)

초판 인쇄 | 2016. 4. 25
초판 발행 | 2016. 4. 27

주소 | 서울시 노원구 상계 1동 1049-25 신영산업 BD 602호
대표전화 | 02-2091-0291
팩스 | 02-2091-0290
이메일 | marubooks@hanmail.net

ISBN | 978-89-280-6956-9(세트) / 978-89-280-6957-6
정가 | 8,000원

잘못된 책은 교환하여 드립니다.
저자와 협의하여 인지를 붙이지 않습니다.

「이 도서의 국립중앙도서관 출판시도서목록(CIP)은 서지정보유통지원시스템 홈페이지(http://seoji.nl.go.kr)와
국가자료공동목록시스템(http://www.nl.go.kr/kolisnet)에서 이용하실 수 있습니다.」
(CIP제어번호:CIP2016009876)

세상은 넓고 맞을 놈은 많다.

1

정현 현대 판타지 장편소설

MAYA & MARU MODERN FANTASY STORY

마야&미루

목차

프롤로그 …007

제1장. 다시는 그쪽으로 오줌도 안 싼다 …013

제2장. 흑마법사 …043

제3장. 두 번째 졸업식 …067

에피소드 (1)-켈트(Celts) …091

제4장. 켈트족의 세계로 …097

제5장. 고마운 인연 …125

제6장. 마나를 얻다 …155

에피소드 (2)-꿈 …187

제7장. 눈물 나는 첫 키스 …191

제8장. 꿈은 현실이 되어 …219

제9장. 동네 양아치들 …241

제10장. 악연 (1) …269

제11장. 악연 (2) …297

세상은 넓고
맞을 놈은
많다.

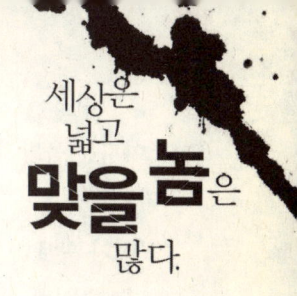

"여자 보내 줘."

나지막하지만 중량감 있는 목소리였다.

"미친 거야?"

"풋! 지금 우리한테 한 말이냐?"

뿌연 가로등 불빛 아래의 어두운 골목길 구석. 패거리들은 벌벌 떨고 있는 불쌍한 여자를 둘러싸고 있었다.

"제발 살려 주세요."

겁에 질려 눈물범벅이 된 여자는 한 줄기 희망의 끈을 필사적으로 잡으려 했다.

"조용히 안 해!"

"가만히 있어. 안 그러면 진짜 다친다."

여자는 윽박지르는 패거리들의 위협에 입을 닫고 사시나무 떨듯 했다.

"여자를 보내 주고, 무릎을 꿇고 용서를 구한다면 그냥 보내 줄 용의가 있다. 아니면 맞는다. 선택해."

5명의 패거리들은 뚜벅뚜벅 걸어오는 남자를 보며 피식거렸다.

"이게 간이 부었나? 정신이 가출을 했나?"

"숨어 있는 친구들이라도 있어?"

어두운 골목길을 둘러보았지만 남자는 혼자였다.

"크크크! 지가 무림의 고수라도 되는 줄 착각하고 있는 모양이야."

"액션 영화가 저런 애들을 망상에 빠뜨린다니까. 이럴 때에는 매가 약이지."

다가오는 남자를 맞이하며 패거리들은 실실 웃으면서 주먹을 쥐었다.

딱 봐도 싸움이라곤 모르는, 일대일로 싸워도 이길 것 같은 모습인데 1 대 5라니… 식은 죽 먹기보다 쉽고, 가장 재미있어 하는 일이었다.

"죽이지는 마라. 골치 아파져."

"크크! 한두 번 하는 일도 아닌데. 딱 병신 될 만큼만 밟아 주지."

두 놈은 여자를 강제로 껴안고 있었고, 세 놈이 고개를 까딱거리며 남자에게 다가갔다.

"쓸데없이 남의 일에 참견하면 어떻게 되는지 형아들이 가르쳐 줄게."

패거리들의 위협에도 남자는 표정 변화가 없었다.

패거리들처럼 덩치가 있는 것도 아니고, 오히려 여자처럼 호리호리한 몸이었지만 눈빛만은 차가웠다.

"맞아야 될 놈들이 넘치고 넘쳐."

앳된 얼굴의 남자가 패거리들을 보며 중얼거렸다.

"뭐라는 거야? 미친놈."

"일단 맞고 시작하자."

패거리들이 달려들자 남자의 입술이 달싹거렸다.

그리고 그 순간, 남자의 몸이 마치 로켓처럼 폭발적으로 발사되어 세 놈을 덮쳤다.

퍽퍽퍽!

세 놈은 힘 한번 써 보지 못하고 한 방에 나가떨어져 골목 바닥에 처박혔다.

남자는 어느새 여자를 안고 있는 두 놈의 목덜미를 각각 한 손으로 잡고 있었다.

"컥컥컥."

호리호리한 몸에서 어떻게 이런 엄청난 스피드와 힘이 솟아나는지 몰랐다.

휙!

남자는 두 놈을 벽에 집어 던졌고, 두 놈은 개구리처럼 패대기쳐진 채 부르르 떨었다.
"다 꿇어."
 남자가 패거리들을 보며 호통을 쳤다.
"한 놈씩 차례차례 맞자. 대가리에 정신이 올바로 박힐 때까지."
 남자의 기합이 쩌렁쩌렁 울렸다.

제1장

다시는 그쪽으로 오줌도 안 싼다

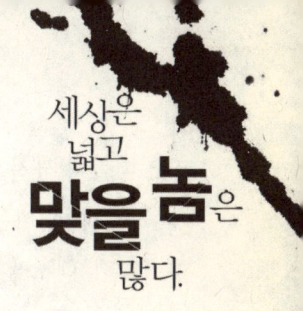

세상은 넓고 **맞을 놈**은 많다.

아이돌 그룹 노래에 맞춘 재학생들의 졸업 축하 공연이 끝나자 박수 소리가 강당을 울렸다.

"다음은 국내의 마술계의 다크호스 Mr. 파우스트의 매직 쇼가 펼쳐집니다. 다 같이 박수로 맞아 주세요."

졸업식 사회를 맡은 2학년 학생회장의 어설픈 멘트가 끝나자 무대에 핀 조명이 비추었다.

경쾌한 음악에 맞춰 뿔이 달린 마왕 가면을 쓴 백발의 마술사가 등장했다.

"Welcome to the magic world."

백발의 마술사가 유창한 영어를 구사하며 마술을 선보였지만 졸업생들과 학부모들은 신경도 쓰지 않았다. 서로 웃고 떠들며 사진을 찍느라 정신이 없었다.

"아, 뭐야! 이은결도 아니고 졸라 구려."

"노잼, 핵노잼."

그나마 무료한 재학생들이 매직 쇼를 구경했지만 재미없다며 짜증을 냈다.

그것은 안재수도 마찬가지였다. 매직 쇼 따위는 눈에 들어오지도 않고, 두 눈에 눈물이 글썽거렸다.

'드디어 마수에서 벗어난다.'

머릿속에는 오로지 이 생각밖에 없었다.

사정을 모르는 사람들이 보면 '감수성이 참 예민한 아이구나.'라며 오해할지도 모르지만, 그런 것은 중요하지 않았다.

'이 지긋지긋한 지옥과도 같은 생활에서 벗어나는 날이 왔어.'

영원히 오지 않을 것 같았다. 하지만 거꾸로 매달아 놓은 국방부 시계도 흘러가는데, 고등학교 3년이라고 지나가지 않을 리가 없었다. 다만, 너무 느리게 흘러갔을 뿐이다.

"한국고등학교, 이제 너랑은 완전히 끝이다."

안재수는 강당 위쪽에 걸려 있는 '축! 한국고등학교 제45회 졸업식!'이라는 플래카드를 보며 환희에 찬 미소를 지었다.

"제대하는 군인들이 자기 부대 쪽으로는 오줌도 누지 않

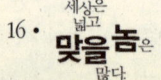

는다고 한다지. 내 심정이 딱 그래. 다시는 한국고 쪽으로 오줌도 누지 않을 거야."

중얼거리는 소리를 들은 같은 반 친구 몇 명이 힐끔거리며 킥킥거렸다. 속사정을 안다는 의미였다.

"야, 안재수! 기분 좋은 모양이다."

"그러게. 해방을 맞은 조상님들 심정인 모양이야. 킥킥!"

반 친구, 아니 그냥 같은 반이었던 동기라는 표현을 쓰고 싶은 놈들의 비아냥도 이제는 끝이라고 생각하니 듣기가 좋았다.

"그래, 이제 너희들과도 끝이다. 우리 다시 보지 말자."

"이 새끼가."

동기들이 발끈하자 자신도 모르게 움찔했지만, 학부모들 속에 섞여 있는 엄마를 보자 없던 용기가 생겼다.

"왜? 때리려고?"

안재수의 도발에 동기들은 주먹을 쥐었다가 풀었다. 도발에 응하기엔 주변에 사람이 너무 많았다.

"이 새끼, 나중에 보자."

이를 악무는 동기들을 보며 안재수가 씨익 웃었.

'나중에? 언제? 졸업식 끝나면 너희 새끼들과도 이별이야. 최경도 패거리에게는 꼼짝도 못하는 주제에 나를 괴롭혔던 쭉정이 새끼들.'

왕따를 넘어 쫄따(쫄따구 역할을 하는 왕따)의 경지에 이

르렀던 안재수는 후들거리는 다리에 힘을 주었다.

이제 졸업식이 끝나면 한국고등학교와 연관된 모든 것에서 해방될 수 있다는 희망이 있었다.

"감사합니다."

백발의 마술사가 매직 쇼를 끝내고 인사를 하자, 안재수가 벌떡 일어나 열광적으로 박수를 치며 환호했다.

"브라보!"

안재수는 매직 쇼에 감탄을 해서 환호하는 게 아니었다. 졸업식이 점점 끝나 가고 있다는 사실에 환호한 것이다.

"미친놈."

"저게 드디어 돌았구나."

반 친구들이 비아냥거렸지만 안재수는 마지막으로 마술사에게 엄지손가락을 세웠다.

"생유."

백발의 마법사는 안재수를 지그시 바라보며 정중하게 한 번 더 인사를 하고는 무대 뒤로 나갔다.

이윽고 대머리 교감이 단상으로 올라왔다.

"교장 선생님의 졸업 축사와 각종 상장과 졸업장 수여식이 있겠습니다."

"우우우."

일부 졸업생들이 야유를 했지만 느끼한 인상의 교장은 능글맞게 대처하며 졸업 축사를 짧게 끝냈다.

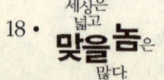

"이상으로 졸업 축사를 마칩니다."

"와아!"

처음이자 마지막으로 졸업생들의 환호를 받으며 교장은 미소를 지었다.

'새끼들, 대학 진학률이 좋아서 봐준다.'

교감은 교장에게 허리를 90도로 숙이며 아부의 미소를 날리고는 졸업식을 진행했다.

"다음은 교육감상 수여식이 있겠습니다. 3학년 1반 최경도."

키가 크고 잘생긴 최경도가 단상으로 올라가자 강당이 박수 소리로 들썩였다.

지역 국회의원 최성태의 아들로 한국고와 같은 재단인 명문 사립대 한국대학교에 수시로 합격한 상태였다.

'개새끼.'

안재수는 최경도를 보며 이를 갈았다. 3년 내내 처절하게 당한 기억이 되살아나서 더 괴로웠다.

'하지만 너와도 이제는 끝이다. 너는 한국대로 가고, 나는 경명대로 가니까.'

뒤를 이어 여러 가지 상들이 수여되었고, 마지막으로 졸업장이 수여되었다.

타 학교와는 달리 한국고는 교장이 졸업생들에게 일일이 졸업장을 수여했다. 미국 고등학교 졸업식을 벤치마킹했다고 교장이 늘 자랑하는 부분이었다.

'X 같은 교장.'

안재수는 눈도 마주치기 싫은 교장에게 졸업장을 받고 얼른 자리로 돌아왔다.

'진짜 끝이다.'

마침내 졸업식의 공식적인 행사가 모두 끝났다.

재학생들이 자리를 정리하는 동안 졸업생들은 친구들과 모여 사진을 찍었다.

"재수야."

같은 왕따이자 쫄따였던 민욱이 안재수에게 다가왔다.

"우리 같이 사진 찍자."

"싫어."

너무나 단호하게 거절을 했다.

"왜?"

조그마한 체구의 민욱은 왕방울 같은 눈으로 금방이라도 울 것 같았다.

"…너도 알잖아. 우리 이만 이 더러운 기억은 잊어버리자."

"그래도 추억으로 남으면……."

"지랄 맞은 기억이 추억이 될 거라고 생각해? 씨바! 나는 아니야."

하지만 곧 안재수는 사진을 같이 찍을 친구가 한 명도 없

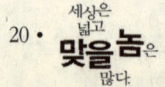

다는 사실을 깨달았다.

'그러면 어때. 한국고와는 영원한 이별인데. 생각하기도 싫어.'

얼른 자리를 벗어나려는데, 안재수와 민욱의 부모님이 차례로 들이닥쳤다.

"너무 오랜만이다, 욱아."

"안녕하세요, 어머니."

"아유! 너는 여전히 인사성이 밝구나."

안재수의 엄마가 먼저 아는 체를 하고 있는데, 민욱의 부모님이 합류를 했다.

"재수야, 졸업 축하해."

"아, 네."

어정쩡하게 인사를 하자 엄마가 야단을 쳤다.

"그게 뭐야! 인사 똑바로 못해."

안재수는 엄마의 성화에 못 이겨 정중하게 다시 인사를 해야만 했다.

"안녕하세요."

"그래. 재수가 인물이 훤칠해졌네."

"인물은 욱이가 훨씬 나아요. 우리 재수는 얼굴에 여드름이 반이에요."

"호호호! 이 나이대의 남자아이들이 다 그렇죠."

"요즘은 밀가루를 안 뿌리네. 우리 때는 졸업식 때 밀가루

뿌리고, 계란 던지고 난리도 아니었는데."

민욱의 아버지가 사진을 찍느라 정신없는 졸업식을 보며 아쉬운 듯 말했다.

"아빠, 그건 중학교 졸업식에나 그래요. 고등학교는 달라요."

"그래? 하하하! 세상이 많이 바뀌었어."

"그렇죠? 저도 걱정을 했는데. 호호호!"

몇 년 만에 만난 양쪽의 부모님은 웃으며 수다를 떨었지만, 안재수는 한시라도 빨리 이 자리를 뜨고 싶었다.

"엄마, 밥 먹으러 안 가?"

"얘가 왜 이리 보채."

"호호호! 배가 고픈 모양이죠. 오랜만에 만났는데 우리 같이 밥 먹으러 가요."

'싫은데.'

엄마 때문에 안재수는 싫은 티를 낼 수가 없었다.

"그래! 간만에 우리 보림각 탕수육 먹으러 갈까요?"

민욱의 아버지가 느긋하게 말하자 엄마들은 반색을 하며 좋아했다.

'뭐야! 빨리 이 동네를 떠나고 싶은데.'

안재수는 똥 씹은 표정이었지만, 민욱은 그의 눈치를 보면서도 좋아했다.

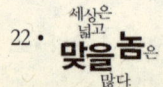

✦ ✦ ✦

 보림각은 늘 손님이 많았는데, 졸업식을 맞아 발 디딜 틈도 없이 북적거렸다.
"자리가 없다네. 아, 미리 예약을 할걸."
 민욱의 아버지가 미안해하며 고개를 저었다.
"다른 곳에 가야겠다."
 한국고 졸업생들로 북적이는 보림각을 보며 안재수는 회심의 미소를 지었다.
"여기서 좀 멀어도 신라갈비 어때요?"
 안재수가 민욱을 보며 동조를 구했다.
"아빠, 나도 거기가 좋아요."
 다행히 눈치를 챈 민욱이 거들어 주자 안재수는 속으로 안도의 한숨을 쉬었다.
'다행이다. 여기를 벗어나야 최경도 무리들과 완전히 빠이빠이 하는 거야.'
 최경도 무리만이 아니라 한국고 졸업생들과도 같이 있기가 싫었다. 한시라도 빨리 한국고의 모든 기억을 지우고 싶을 뿐이었다.
 안재수는 민욱과 눈빛을 마주하며 가벼운 미소를 지었다.
'우리 이제 쫑따 끝이다.'
'그래, 알아.'

다시는 그쪽으로 오줌도 안 싼다 • 23

쫄따 두 사람은 마음이 통했다.

그런데 세상일이라는 것이 마음먹은 대로 안 되는 게 태반이었다.

"하하하! 안녕하십니까."

검은색의 국산 중형차가 보림각 앞에 서더니, 훤칠한 중년 부부와 한국고 교복을 입은 최경도가 내렸다.

'헉!'

안재수와 민욱은 최경도를 보자마자 숨이 멎는 것 같았다.

"여러분의 답답한 곳을 뚫어 주는 국회의원 최성태입니다. 반갑습니다."

"호호호! 대한국당의 국회의원 최성태 부인입니다. 많이들 바쁘시죠. 여기는 오늘 한국고를 졸업한 제 아들입니다."

"안녕하세요. 최경도입니다."

최경도는 착한 얼굴을 하고 만나는 사람들마다 공손히 인사를 했다.

'여기 왜 온 거야?'

안재수는 최경도의 모습에 멍해졌다.

돈이 엄청나게 많은 부모를 따라 당연히 최고급 호텔 레스토랑에 갔을 거라고 생각했다. 하지만 안재수와 민욱의

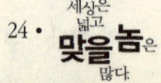

예상을 깨고 최경도는 부모님과 함께 동네 맛집에 불과한 보림각에 나타났다.

보림각이 제법 유명하다고 해도 동네 사람들과 회사원들이 즐겨 찾는 중국집이었다. 국회의원인 최성태 정도의 사람들은 절대 오지 않는 곳이었다.

"선거철은 선거철이야. 국회의원이 동네 중국집엘 오고."

"나는 어제 동네 목욕탕에서도 만났어. 하하하! 등을 밀어 주는데 내가 다 놀랐어."

안재수는 보림각 앞에 줄을 서 있는 어른들의 말을 듣고서야 깨달았다. 총선(국회의원 선거)이 불과 2개월 정도 남았다는 것을.

"아이고, 의원님."

보림각의 사장이 번개처럼 달려와서는 허리를 숙였다.

"미리 연락을 주시지 않고."

보좌관도 없이 찾아온 최성태가 사람들을 의식하며 큰 소리로 말했다.

"제가 예전에 한국고를 졸업하고 부모님과 함께 식사를 한 곳이 보림각입니다. 그래서 저도 오늘 한국고를 졸업한 제 아들놈에게 보림각의 맛있는 짜장면과 탕수육을 사 주려고 왔습니다. 하하하!"

"고맙습니다, 의원님. 제가 안으로 모시겠습니다."

보림각의 사장이 줄을 서 있는 손님들을 무시하고 안내를 하려고 하자 최성태가 웃으며 말했다.

"하하하! 사장님, 국회의원이라고 해서 특혜를 받으면 안 된다는 게 제 신조입니다. 저희는 차례가 될 때까지 줄을 서서 기다리겠습니다."

최성태의 말에 줄을 서서 기다리던 사람들이 미소를 지으며 고개를 끄떡였다.

"사람이 됐네."

"그래. 국회의원이나 우리나 똑같은 손님인데."

손님들의 반응에 최성태와 부인이 만족한 미소를 지었다.

"친구야."

최경도가 안재수와 민욱에게 다가와서 큰 소리로 말했다.

'헉! 갑자기 왜 아는 척을 하는 거야.'

안재수는 최경도와 눈이 마주치자 가슴이 쿵쾅거리고, 다리가 후들거렸다.

"여기서 만나다니 반갑다."

최경도가 안재수를 끌어당겨 포옹하며 귓속말을 했다.

"어이, 쫄따. 친한 친구처럼 행동해. 어색하게 굴면 너는 죽어."

안재수는 숨이 멎을 것 같아 도움을 청하기 위해 엄마를 쳐다보았다. 하지만 엄마는 최성태 부인과 이야기를 나누느라 정신이 없었다.

"자연스럽게. 알았지?"

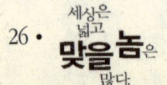

안재수는 최경도가 떨어지자 겨우 숨을 쉴 수가 있었다.
"선거 때문에 바쁘실 텐데, 의원님 먼저 들어가게 해 드리죠?"
줄을 서 있던 누군가 말을 꺼내자, 곧바로 보림각의 주인이 양해를 구했다.
"그렇게 해도 될까요?"
"아닙니다. 저도 순서를 기다리겠습니다."
최성태가 손사래를 치며 사양을 했지만 줄을 서 있는 손님들이 허락을 했다.
"우리들은 괜찮습니다."
보림각의 주인이 안내를 하자 최성태와 부인이 손님들에게 깍듯하게 인사했다.
"죄송합니다."
"의원님, 먼저 드세요."
그때 최경도가 안재수와 민욱의 어깨를 감싸며 다정하게 말했다.
"오늘 같이 졸업을 한 제 친구들입니다. 같이 들어가면 안 될까요?"
그 말에 사람들이 칭찬을 했다.
"어린 사람이 친구들을 챙길 줄을 알고."
"그래. 어차피 양보하는 거 크게 양보하지."
사람들의 칭찬을 받으며 안재수는 최경도와 함께 억지로

보림각에 들어가게 되었다.
'X 됐다.'
안재수와 민욱은 죽을상을 했다.

탁 트인 공간에서 손님들의 시선을 집중적으로 받으며 세 가족이 단란하게 식사를 하는 동안 안재수는 좌불안석이었다.
졸업식만 끝나면 해방일 줄 알았는데 가장 즐거워야 할 자리가 가시방석이 된 것이다.
'저놈은 나보다 더 하네.'
그나마 엄마와 사람들의 시선이 있어 덜 불안했는데, 민욱은 로봇처럼 식사를 하고 있었다.
"자, 너희들도 이제는 성인이 되었으니 기념으로 내가 맥주 한 잔씩 따라 주마."
민욱의 아버지가 반주로 먹은 고량주에 살짝 취해 맥주를 따라 주었다.
"하하하! 제가 먼저 하려고 했는데. 경도야, 고맙게 받아."
최경도는 민욱의 아버지가 따라 주는 맥주를 공손하게 받았다.
"제가 술은 처음이라서……."
안재수는 헛웃음이 절로 나왔다.
'개새끼! 술이 처음이라고!'

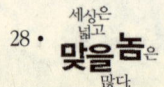

안재수는 안다. 최경도가 매일 술을 마시고, 여자들을 만나고 다녔다는 것을.

그러고도 사학의 명문이라는 한국대에 합격할 수 있었던 것은 서울시 승마 대표 선수를 지낸 이력으로 체육 특기생이 되었기 때문이다.

게다가 한국대의 재단 이사장이 바로 외할아버지였다. 입학을 못하는 게 오히려 이상했다.

"하하하! 정말 요즘 보기 드문 청년일세."

"그래요. 정말 순수하네. 우리 재수는 백일주 마시고 비틀거리며 들어왔는데."

아무것도 모르는 부모님의 칭찬에 가슴에 멍이 드는 안재수였다.

'토할 것 같아.'

한국고를 벗어난다는 희망에 부풀어 있던 안재수는 거짓으로 점철되는 현실에 속이 뒤집혔다.

"재수라고 했지. 내 술 한 잔 받아."

"감사합니다."

최성태가 맥주를 따라 주자 안재수는 어쩔 수 없이 받아 마시고는, 토할 것 같은 기분에 벌떡 일어나 화장실로 달려갔다.

"우웩!"

눈물을 흘리면서 토를 한 안재수가 문을 열고 나오자 최경도가 기다리고 있었다.
"어이, 쫄따. 속이 그렇게 안 좋아?"
"그게 아니고……."
뻑!
최경도가 안재수의 정강이를 걷어찼다.
"악!"
안재수는 너무 아파서 주저앉았다.
"감히 우리 꼰대의 술을 받아 마시자마자 뛰어나가? 네가 죽으려고 환장을 했구나."
최경도가 다가와서 옆구리를 무자비하게 찼다.
'컥!'
죽을 것 같았다. 하지만 아픈 소리를 내면 더 잔인하게 때리는 최경도의 성격을 알기에 입술을 깨물며 참았다.
퍽퍽퍽!
최경도는 얻어맞은 표시가 나지 않는 곳만 골라서 집중적으로 몇 차례 더 걷어차고서야 분이 풀렸다.
"이 더러운 짱깨집에서 같이 밥을 먹는다고 우리가 친구라도 된 줄 착각을 하는 모양인데. 어이, 쫄따."
안재수는 온몸이 뒤틀리는 고통을 참으며 겨우 대답을 했다.
"네."

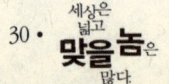

최경도는 선생님들이 없는 자리에서는 자신에게 존댓말을 하도록 안재수에게 강요했었다.

"너랑 나랑은 신분 자체가 달라. 너는 흙수저고, 나는 금수저야. 네가 죽을힘을 다해 살아 봤자 내 발밑에서 살 수밖에 없어. 그게 네 운명이고, 팔자야. 알겠어?"

"네, 알겠습니다."

안재수는 모멸감 따위는 이미 버린 지 오래였다. 그저 여기서 벗어나고만 싶었다.

"아이 씨X! 진짜 개빡치네! 한 번밖에 없는 고등학교 졸업식인데, 기름 냄새 나는 이런 싸구려 짱깨집에서 밥을 먹어야 하다니. 선거만 아니면… 어휴! 말을 말자."

최경도가 화가 난 이유는 안재수가 술을 마시고 뛰어나가서가 아니라, 보림각에서 밥을 먹어야 했기 때문이다.

"쫄따, 옷 다 버린다. 일어나. 누가 보면 내가 어떻게 한 줄 알 거 아냐."

안재수는 얼른 일어나서 지난 3년 동안 늘 그랬듯 차렷 자세를 했다.

"그래, 그래야지."

만족한 최경도가 세면대에서 손을 씻으며, 거울 속에 박혀 있는 안재수를 보고 미소를 지었다.

"어이, 쫄따."

안재수가 신음을 삼키느라 대답을 못하자 최경도가 손을

드는 시늉을 했다.

"네, 쫄따."

안재수가 놀라서 대답을 하자 최경도가 웃으며 말했다.

"대답이 한 박자 늦었지만 오늘은 즐거운 졸업식이라서 봐준다. 너 4월에 국회의원 선거 있는 거 알지?"

"알고 있습니다."

안재수는 누구라도 좋으니 제발 화장실에 오기를 바랐지만, 그 많은 손님들 중 단 한 명도 나타나지 않았다.

3년 내내 따라다니던 불운이라는 단어는 졸업하는 날까지 계속됐다.

"우리 꼰대가 대한국당 공천을 받아 국회의원 선거에 다시 나간다고 하니, 자식 된 도리로 내가 선거에 도움을 주고 싶다. 너와 계집애는 4월 1일부터 우리 아버지 선거를 도와라."

민욱의 별명이 계집애였다. 고함만 질러도 눈물을 흘린다고 붙여진 별명이었다.

"그, 그게 서울에 있는 대학에 진학을 못해서 충청도로 가야 하는… 됩니다."

안재수는 인 서울을 할 수 있는 수능 점수를 받았지만, 엄마와 담임의 반대를 무릅쓰고 충청도에 있는 대학에 지원을 했다. 최경도와 그 패거리들에게서 멀어지기 위한 결정이었다.

"뭐? 이 새끼가 내 허락도 안 받고 충청도로 간다고?"
"집안 형편이 어려워서 장학금을 받아야 했습니다."
 반은 맞고, 반은 틀린 말이었다. 집안 형편상 장학금이 필요했지만 엄마가 그동안 모아 놓은 등록금이 있었다.
"어느 대학이야?"
"경명대입니다."
"그런 대학도 있어? 젠장! 꼰대에게 잘 보이려고 애들 좀 모으려고 했더니, 벌써 몇 명이 빠지는 거야."
 최경도가 짜증이 가득한 얼굴로 쳐다보자 안재수는 숨이 막히는 것 같았다. 언제 주먹과 발길질이 날아올지 몰라 몸을 웅크렸다.
"새끼가 졸기는."
 최경도가 실실 웃으며 다가와 안재수의 머리를 마구 헝클어뜨렸다.
"너와 계집애는 무조건 4월에 여기로 와야 돼. 충청도에 있든, 강원도에 있든 상관없어. 알았어?"
"…네."
 어쩔 수 없이 대답을 했지만 안재수는 그럴 일은 없다고 다짐했다.
'충청도에 있는데 지가 어떻게 할 거야.'
 이런 안재수의 생각을 읽었는지 최경도가 못을 박았다.
"휴대폰 번호 바꾸지 마라. 연락이 안 되면 애들 보내서 찾아간다."

안재수는 심장이 덜컹 내려앉았다. 희망이 멀리 사라지고 있었다.

"오늘은 즐거운 날이잖아. 웃어. 다 같이 즐겨야지."

웃고 있는 최경도의 얼굴이 악마처럼 보였지만 안재수는 아무 말도 못했다.

고등학교의 악몽은 끝이 아니라 현재 진행형이었다.

✦ ✦ ✦

졸업식이 끝난 뒤, 대학교 입학식까지 불과 20여 일 정도 남았지만 안재수는 며칠째 멍을 때리고 있었다.

"이게 뭐야! 내가 전생에 대역죄라도 지은 거야?"

혼자서 중얼거리다 보니 헛웃음까지 터져 나왔다.

"하하하! 정말 재미있는 세상이야."

작은 식당을 하는 엄마가 출근하고 없는 작고 낡은 아파트에서 안재수는 꼼짝도 하지 않았다.

꼬르륵.

배꼽시계가 울리자 안재수는 씁쓸하게 웃었다.

"그래도 배고픈 건 아는구나. 그래, 죽지 않으려면 먹어야지."

주방으로 가서 냉장고에서 반찬을 꺼내 식탁에 올리고 전기밥통을 여는 순간 한숨이 나왔다.

"밥이 없네."

반찬만 있는 식탁을 물끄러미 내려다보며 고개를 저었다.

"라면이나 먹자."

하지만 라면도 없었다.

"너무 심한 거 아니야! 며칠 있으면 집을 떠날 아들에게."

투덜거리며 반찬을 다시 냉장고에 넣다가, 냉장고 문에 붙어 있는 쪽지를 발견했다.

〈아들, 미안해. 요즘 엄마가 너무 바빠서 주방에 아무것도 없어. 엄마 화장대 서랍에 2만 원 있으니까 맛난 거 사 먹어.〉

"휴! 진즉에 말을 해 주고 출근하지."

안재수는 안방 화장대에서 돈을 꺼내 원치 않는 외출을 했다.

아파트 단지 앞 김밥천당에서 칼국수로 허기를 채우고, 편의점에서 캔 커피 하나를 사서 마시며 산책을 했다.

"여기도 재개발 때문에 동네가 휑하네."

안재수가 살고 있는 주공아파트 단지는 지은 지 30년이 훌쩍 넘었고, 근처 주택가는 그보다 더 낡은 집들이 많았다.

재개발의 영향으로 드문드문 비어 있는 주택들이 있었고, 그로 인해 동네가 스산했다.

"중학교 다닐 때만 해도 동네가 북적거렸는데. 학교 친구들도 여기 살아서 가끔 놀러 왔었고."

중학교 시절이 그리워졌다. 그때는 왕따도, 쫄따도 아니었다.

초등학교를 졸업하고 이사를 왔지만 새로운 친구들을 사귀는 데 문제가 없었다.

누구나 다 겪는 평범한 학창 시절이었다.

하지만 고등학교는… 다시 생각하기도 싫었다.

안재수는 다 마신 캔 커피를 휴지통에 버리려다가, 미소를 지으며 뒤로 몇 발자국 물러나서 자유투 자세를 취했다.

"오랜만에 슛 한번 때려 볼까?"

마치 승부를 결정짓는 자유투를 쏘는 선수처럼 호흡을 가다듬고 캔 커피를 던졌다. 포물선을 그리며 날아간 캔은 멋지게 휴지통에 쏙 들어갔고, 안재수는 버저비터를 넣은 선수처럼 환호했다.

"와우! 역시 내 슛 감각은 녹슬지 않았어."

그때 뒤에서 킥킥거리며 웃는 소리가 들리자 안재수는 화들짝 놀랐다.

"어이, 안재수. 혼자서 잘 노네."

불량한 티가 팍팍 나는 3명이 담배를 문 채 다가왔다.

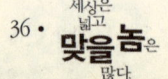

'저놈들이 왜 여기에 있는 거야!'

숨이 멎을 것만 같았다. 졸업을 하면 두 번 다시 보지 않을 거라고 생각했는데, 동네 언저리에서 부딪친 것이다.

최경도 패거리들의 꼬붕 노릇을 하며, 약자들을 더 악랄하게 괴롭혔던 놈들이었다.

"재수야, 여기서 보니까 더 반갑다. 너도 그렇지? 킥킥 킥!"

세 놈이 담배 연기를 뿜으며 다가오자, 안재수는 도망쳐야 한다는 생각을 하면서도 움직이지 못했다. 겁에 질려 몸이 뜻대로 움직이지 않는 것이다.

툭툭.

한 놈이 다가와서 안재수의 머리를 건드렸다.

"어이, 안재수. 재롱 한번 떨어 봐라. 너 개인기 있잖아."

"그래, 간만에 한번 보자."

두 놈이 다가와서는 담배 연기를 안재수에게 내뿜었다.

"콜록, 콜록!"

안재수가 담배 연기에 기침을 하자 놈들이 비웃음을 터뜨렸다.

"지랄하세요."

"얼른 개인기 한번 해 봐. 잘하면 우리가 그냥 갈 수도 있어."

안재수는 그냥 갈 수도 있다는 말에 담배 연기를 참으며

다시는 그쪽으로 오줌도 안 싼다 • 37

놈들을 쳐다보았다.

"정말 그냥 보내 줄 거야?"

"어쭈? 새끼가 반말하네. 최경도에게는 꼬박꼬박 존댓말을 하면서."

안재수가 움찔하자 다른 놈들이 웃으며 말했다.

"야, 봐줘라. 우리는 친구들이잖아."

"그래, 친구니까 반말해도 돼. 우리는 최경도 그 새끼들처럼 나쁜 놈들이 아니다."

안재수는 간간이 지나가는 행인들에게 도움의 눈길을 보냈지만, 모두 모른 척하고 지나갔다. 괜히 나섰다가 불량배들에게 해코지를 당할까 두려운 것이다.

'어쩔 수 없어. 눈 딱 감고 한 번 하고 집에 가자.'

결국 안재수는 무사히 집에 가기 위해 창피함을 무릅쓰고 개인기(?)를 발휘했다.

"띠리리리리리링! 재수 엄따. 띠리리리리링! 재수 엄따."

안재수가 영구 흉내를 리얼하게 내자 세 놈은 배를 잡고 웃었다.

"야, 2탄."

안재수는 힐끔거리며 쳐다보는 행인들을 무시하고 이를 악물었다.

"소쩌꿍소쩌꿍! 소쩌꿍 새가 울기만 하면 떠나간 우리 님

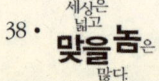

이 오신댔어요. 재수 엄따."

완벽한 영구 흉내에 세 놈은 박수를 치며 웃었고, 안재수는 행인들의 시선을 피해 얼른 집에 가려고 했다.

"됐지. 이만 갈게."

안재수가 서둘러 가려고 하자 세 놈이 앞을 가로막았다.

"왜? 보내 준다고 했잖아."

"보내 준다는 말은 안 했다. 그냥 갈 수도 있다고 했지. 한국말은 끝까지 들어야지."

놈들이 태도를 바꾸자 안재수는 화가 났지만 티를 낼 수가 없었다. 놈들이 얼마나 지독하게 패는지 알고 있었기 때문이다.

"그냥 갈 수도 있는데. 우리가 말이야, 졸업과 동시에 집을 나와 이 동네에서 합숙을 하고 있다."

쉽게 말해 가출을 했다는 뜻이었다.

"생활비가 모자라. 친구끼리 서로 돕고 살아야지. 안 그래?"

돈을 내놓으라는 말에 안재수는 망설임 없이 남아 있는 돈을 모두 주었다.

"이게 전부야."

지난 쫄따 시절의 경험상 돈이 없다는 거짓말은 통하지 않는다는 것을 알고 있었다.

돈을 챙긴 세 놈은 실망한 기색이 역력했다.

"진짜 이게 전부야?"

"뒤져서 10원이라도 나오면 죽을 때까지 맞을게."

선수(先手)랍시고 치는 멘트에 세 놈이 동시에 웃었다.

"하하하! 역시 한국고등학교 45기 최고의 쫄따야."

부끄럽고 쪽팔려서 미칠 지경이었지만, 여기서 벗어나기 위해서는 어쩔 수 없다고 스스로를 위로했다.

"가도 되지?"

안재수가 가려고 하자 한 놈이 갑자기 주먹으로 명치를 때렸다.

퍽!

그에 안재수는 그대로 고꾸라졌다.

"컥컥컥!"

속에서 신물이 올라오고, 시야가 흐릿해졌다.

퍽!

엎드려 있는 안재수의 옆구리를 다시 주먹으로 때렸다.

"크윽!"

안재수는 결국 토를 하고 말았다.

"새끼가 좋다 좋다 해 줬더니, 어디서 마음대로 하려고 해! 최경도 앞에서는 고양이 앞의 쥐새끼처럼 꼼짝도 못하던 새끼가!"

호랑이 없는 곳에서 늑대가 왕 노릇을 한다고, 최경도 앞에서는 찍소리도 못했던 놈들이 안재수를 지배하려고 했다.

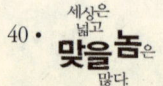

눈물, 콧물을 흘리는 안재수를 일으켜 세운 세 놈이 범죄자의 냄새를 풍기며 말했다.

"집에 누가 있어?"

'안 돼.'

안재수는 순간 정신이 번쩍 들었다.

"집에 엄마가 있어."

"새끼가 어디서 거짓말이야."

주먹이 날아와 안재수의 명치를 다시 때렸고, 그 위로 발길질이 날아왔다.

퍽퍽퍽!

"새끼야, 집 열쇠 내놔."

"네 집이 주공아파트인 거 다 알아. 열쇠만 내놔. 그러면 다시는 너를 찾지 않는다."

"안 돼!"

어디서 용기가 났는지 안재수가 고함을 질렀고, 그 소리에 놀란 세 놈은 더 세차게 주먹질과 발길질을 했다.

"이 새끼가!"

"반쯤 죽여. 그래야 우리 말을 하느님 말처럼 듣지."

안재수는 새우처럼 몸을 말고는 충격을 최소화시켰다. 구타를 많이 당하다 보니 맞는 데도 기술이 생긴 것이다.

무자비한 폭력 현장에 행인들은 아예 귀를 막고 길을 돌아갔다.

"Hey, Stop."

그때 낯선 영어가 귀를 울렸고, 세 놈은 고개를 돌렸다.

"뭐야, 저 영감은."

건장한 체구에 백발을 휘날리는 외국 노인이 무섭게 세 놈을 노려보았다.

"그만해."

정확한 한국 발음으로 외국 노인이 경고를 하자 세 놈은 비웃었다.

"미친 외국 늙은이."

"고! 꺼지라고! 씨X! 양키 늙다리야."

세 놈이 다시 안재수를 밟으려 하자 노인이 바람처럼 다가갔다.

제2장

흑마법사

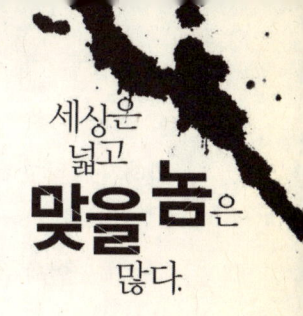

세상은 넓고
맞을 놈은
많다.

"그만하라고."
노인은 세 놈을 한꺼번에 밀어붙였다.
"어어어!"
"뭐야! 이 늙다리!"
"씨X!"
 세 놈은 있는 힘을 다해 버텼지만 노인의 무지막지한 힘을 당할 수가 없었다.
 노인이라고 우습게 보았다가 완력에서 현저히 밀리자 자존심이 엄청 상해 버렸다.
"조X! 밟아."
 세 놈은 누가 먼저랄 것도 없이 주먹을 뻗었지만, 노인은 피하지도 않고 해맑게 웃었다.

"파이어."

순간 노인의 몸에서 불길이 일어나더니 세 놈에게 옮겨 붙었다.

화르르르!

"허억! 불이다!"

"으아아악!"

놈들이 불을 끈다고 호들갑을 떨었다.

"나쁜 놈들은 맞아야 돼."

노인은 복서처럼 세 놈의 근접 거리로 들어가서 펀치를 날렸다.

퍽퍽퍽!

정확하게 세 번의 타격이 있었고, 세 놈은 넉 다운이 되어 뻗어 버렸다.

짝짝짝.

"와아! 마법이야?"

"그런 것 같아. 지금은 불이 안 보이잖아. 우와! 대단한데."

멀리서 지켜보던 사람들이 이제야 나서며 환호성을 질렀다.

"에이, 나쁜 놈들."

뻗어 버린 세 놈을 보며 사람들은 욕을 하고 침을 뱉었다.

"Are you OK?"

노인이 안재수를 일으키며 말했다.

"어어, 아임 오케이."

맞는 데 이골이 난 안재수는 아픈 것보다 영어로 말해야 하는 것에 부담을 느끼며 대충 얼버무렸다.

"진짜 괜찮아?"

백인 노인이 한국말로 묻자 안재수는 뭐라고 대답해야 할지 잠시 머뭇거렸다.

"어, 나는 오케이. 괜찮아요."

영어와 한국말이 뒤죽박죽되었는데, 노인이 고개를 저으며 말했다.

"괜찮지 않아 보여. 병원에 가야 돼."

노인의 말처럼 안재수의 몰골은 말이 아니었다. 타격을 커버하기 위해 몸을 웅크리고 막았지만 입술이 터지고, 여기저기 상처가 많았다.

"그래, 학생. 병원에 가 봐."

"여기는 우리가 알아서 할 거야. 내가 신고를 했어."

"어? 나도 신고했는데. 동영상도 다 찍어 놨어요."

외면을 한다고 생각했는데 사람들은 안재수를 걱정하며, 그들 나름대로 조치를 취해 놓았던 것이다.

'아, 나를 외면한 게 아니었구나.'

괜히 코끝이 찡해졌다.

"병원에 가자."

노인이 손을 잡자 안재수가 뿌리쳤다.

"괜찮아요. 집에 가서 쉬면……. 아, 아파."

발길질에 차인 어깨와 등에서 통증이 밀려왔다.

이런 경우, 최소한 며칠을 끙끙 앓아누울 수 있다는 것을 경험으로 알고 있었다.

"병원에 가기 싫으면 우리 집에 가자. 약이 있어."

안재수는 사람들의 시선이 부담스러워 빨리 벗어나고 싶었다.

"알겠습니다."

그에 노인을 따라서 서둘러 자리를 떠났다.

"여기 이런 집이 있었나?"

노인의 집은 동네에서 멀리 떨어지지 않은 쌈지 공원 옆이었다.

"여기는 처음이야?"

"네, 처음이에요. 아니, 몇 번 왔었던 것 같은데. 하기는 몇 년 전이었으니까."

아담한 숲길 사이로 자리를 잡고 있는 단층짜리 주택은 동화 속에서나 나올 법한 비주얼이었다.

'영화에서나 보던 집인데.'

안재수는 노인이 인도하는 대로 집으로 들어갔다가 깜짝 놀랐다.

밖에서 볼 때는 20여 평 정도 되나 했는데 안이 너무 넓

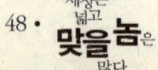

어서 놀랐고, 집 안에 널려 있는 이상한 기구들과 책들에 한 번 더 놀랐다.

"이게 다 뭐예요?"

"내 밥줄."

노인이 약을 가지고 온 뒤, 안재수를 의자에 앉혔다.

"옷을 벗어."

"네?"

안재수가 놀라자 노인이 웃으며 말했다.

"내 취향이 아니니까 놀라지 마."

안재수가 더 놀라며 노인을 쳐다보았다.

"하하하! 조크. 나는 여자를 좋아해. 약을 발라야 하니까 당연히 옷을 벗어야겠지."

"아, 네. 죄송합니다."

안재수가 상의를 벗자 여기저기 피멍이 들어 있었고, 노인은 약을 정성스럽게 발라 주었다.

"그 약, 괜찮은 거예요?"

약을 바른 곳마다 따끔거리자 안재수는 미심쩍었다.

"한국 속담에 이런 게 있더라. 몸에 좋은 약은 쓰다고."

무슨 말인지 바로 이해한 안재수가 사과를 했다.

"죄송합니다. 그런데 우리말을 정말 잘하시네요. 한국에 오신 지 오래된 모양입니다."

"No. Six Month."

"예? 6개월요?"

"Yes."

안재수는 멍했다. 6개월 만에 이렇게 완벽한 한국말을 구사한다는 건 있을 수 없는 일이었다.

'스타X에 출연했던 언어의 천재라는 그 아이와 동급?'

안재수의 생각을 읽었는지 노인이 웃으며 말했다.

"믿을지 모르겠지만 내가 천재야. 하하하!"

"아, 그러시구나."

'이제는 외국인까지 내게 뻥을 치다니. 내 팔자가 왜 이리 사나운 거야.'

안재수가 한숨을 쉴 때, 노인이 의미심장하게 웃으며 말했다.

"뻥 아니야."

"헉!"

안재수가 너무 놀라 의자에서 떨어질 뻔하자 노인이 바로 잡아 주었다.

"너는 의심이 너무 많아. 하지만 나는 너를 좋아해."

'언제 봤다고 이러는 거야.'

"언제 봤기는, 졸업식 때 봤는데."

허걱!

안재수는 너무 무서워서 의자에서 일어나 뒷걸음질을 쳤다.

"내 마음을 읽는 거예요?"

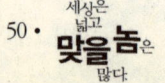

"음, 그 정도는 돼."

그 정도는 된다니. 이게 무슨 말이야.

안재수는 뒷걸음을 치다가 벽에 부딪쳤다.

'문이다.'

현관이 보이자 안재수는 슬슬 다가가 문고리를 잡았다.

덜컥.

문이 열리는 소리를 들으며 안재수는 탈출해야겠다는 생각을 했다.

"집에 갈 거면 가. 말리지 않아."

노인이 주방으로 가면서 하는 말에 안재수는 자존심이 상했다.

'갈까, 말까?'

치이익-

노인은 주방에서 요리를 만들기 시작했고, 묘한 향신료 냄새가 안재수의 후각을 건드렸다.

'내가 죄를 지은 것도 아닌데.'

안재수는 다시 의자에 앉았다. 그리고 주위를 세세히 살펴보았다.

온갖 책들이 널려 있었는데 모두 영어, 혹은 처음 보는 언어로 적혀 있었다.

한쪽 구석에는 연구실처럼 교과서에서도 보지 못했던 실험 기구 같은 것들이 즐비했고, 이상한 냄새까지 났다.

'여기가 대체 뭐 하는 곳이야.'

노인이 뚝딱 요리를 만들어서 가지고 왔다.

"스테이크네요."

안재수가 가장 좋아하는 요리 중 하나가 스테이크였다.

'스테이크는 전문점을 가야 제맛을 느낄 수가 있는데.'

"비싼 한우는 아니지만 한국 사람들이 찾지 않는 미국산도 아니다. 호주산 스테이크니까 마음껏 먹어."

"잘 먹겠습니다."

아웃백에서 먹어 보고 완전 반해 버린 스테이크였다. 너무 비싸 자주 먹을 수가 없어 늘 그리웠다.

'아, 죽인다. 대체 소고기에다가 무슨 짓을 한 거야.'

아웃백 스테이크보다 훨씬 부드럽고, 향기마저 맛있었다.

허겁지겁 비워 버리자 노인은 자신이 먹던 것을 나눠 주었고, 안재수는 거절하지 않고 다 먹었다.

"아, 잘 먹었다."

안재수가 배를 두드리며 좋아하자 노인이 말했다.

"너는 내가 한국에서 처음이자 마지막으로 만난 나의 매직 팬이다."

"네? 팬이라고요?"

"그래. 내 팬이지."

웃음이 나왔다.

'난생처음 보는데 무슨 팬이야.'

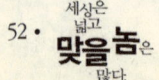

노인이 커피를 타 오며 말을 이었다.
"한국고등학교 졸업식 때 열광적으로 나를 응원해 준 유일한 사람이 너였다."
"네?"
졸업식이라니.
노인이 어디서 꺼냈는지 뿔이 달린 마왕 가면을 썼다.
"Welcome to the magic world."
안재수가 탄성을 흘렸다.
"아! Mr. 파우스트!"
노인은 백발의 마법사였다.
"지난 100년 동안 공연을 하면서 너처럼 열광적으로 성원을 보내 준 팬은 없었다."
'풋! 100년이래. 그리고 그게 아닌데. 나는 졸업식이 빨리 끝나라고 해 준 건데.'
펑!
노인이 손을 들자 굉음과 함께 연기가 솟아올랐다.
"내가 흑마법사다."
순간 주위가 어두워지자 안재수가 소리쳤다.
"아, 그만해요!"
딸깍.
그리고 그는 불을 켰다.
"놀리는 것도 아니고! 저 이제 집에 갈래요."

안재수가 일어나자 노인은 어안이 벙벙해졌다.

'이놈이 어떻게 전원 스위치를 찾아서 불을 켠 거지? 내 마법으로 모든 게 어둠에 묻혔는데.'

노인은 몰랐다. 안재수가 3년 동안 얼마나 많은 고난을 겪었는지. 집으로 갈 수만 있다면 모든 치욕을 참았고, 본능적으로 살아남는 법을 터득했다. 본인은 모르고 있지만, 안재수는 생존하기 위한 훈련이 되어 있었던 것이다.

"잠깐만."

노인이 안재수를 잡았다.

'한 번 더 시험을 해 보자. 잘하면 내 마지막 여행지에서 계승자를 찾을 수 있을지도 몰라.'

"왜 이러세요."

노인의 손을 뿌리치지 못하고 안재수는 떨떠름하게 말했다.

"그대로 있어."

노인은 위압적으로 말하고는 얼른 안재수에게서 떨어져 주문을 외웠다.

"세상은 어둠으로 물들고, 나는 어둠을 지배한다."

또다시 주위가 칠흑처럼 어두워졌고, 노인은 어둠과 동화되어 사라졌다.

'뭐하자는 거야! 애들처럼 숨바꼭질을 하는 것도 아니고.'

안재수는 다시 전원 스위치를 찾아서 켰지만 이번에는 불이 들어오지 않았다.

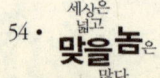

"에이! 거기서 뭐 하세요! 두꺼비집은 왜 내려요."

안재수는 조심스럽게 어둠 속을 걸어가 현관문을 열었고, 빛이 환하게 들어왔다.

"저 갑니다. 고마웠어요."

노인은 두꺼비집 앞에서 햇빛을 받으며 아무 말도 하지 못했다.

'지난 100년 동안 내 흑마법을 이렇게 깨 버리는 사람은 처음이야.'

노인은 안재수를 보며 확신을 가졌다.

'켈트족의 마법을 이어받을 계승자를, 기대도 하지 않았던 이역만리의 한국에서 찾을 줄이야. 내가 전 세계를 떠돌아다닌 보람이 있어.'

노인은 현관을 나서는 안재수를 보며 중얼거렸다.

"크리버스(Cleavers)."

순간 갈퀴덩굴이 무성하게 얽히며 현관을 옭아맸다.

"헉! 이게 뭐야. 집 전체에 무슨 장치를 해 둔 거예요?"

밖으로 나가려던 안재수가 깜짝 놀라자 노인이 심각하게 말했다.

"들어와. 할 말이 있어."

안재수는 어이가 없어서 웃어 버렸다.

"저보고 그 말을 믿으라고요?"

노인은 대답 대신 손바닥을 폈다.

화르르!

손바닥에서 불꽃이 일어나 활활 타올랐지만 노인은 미소만 짓고 있었다.

"TV에서 많이 봤어요. 그거 손바닥에 약품을 미리 바르고 화약을 태우는 거잖아요."

노인의 얼굴이 일그러졌다.

'그놈의 TV와 가짜 마술사들이 우리 진짜 마법사들을 완전히 망쳐 놨어.'

이런 황당한 경험을 한두 번 당한 것이 아니었다.

'예전에는 먹어 줬는데 1980년대에 들어서는 신뢰라는 게 사라졌어. 특히 데이비드 카퍼필드 같은 놈들이 TV에서 마술 쇼를 하면서 더 그래. 내가 찾아가서 손을 봐줄 걸 그랬어.'

노인은 마술 쇼를 하는 가짜 마법사들을 욕했지만, 중요한 것은 그게 아니었다.

"켈트족의 흑마법사를 상징하는, 세상에서 가장 강하고 위대한 드래곤 소드다. 잘 봐."

노인의 손에 시퍼렇게 날이 선 칼이 쥐어졌다. 무척이나 특이하게 생긴 칼자루는 바다처럼 파란색이었다.

푹!

노인은 그 칼로 자신의 배를 찔렀고, 칼자루만 남고 모조리 배에 들어갔다.

"에이! 그 칼에 장치가 되어 있잖아요. 누굴 바보로 아나."

칼을 바닥에 던지자 그대로 꽂혔다. 노인은 손가락으로 천장을 가리키며 말했다.

"스노우(Snow)."

천장에서 하얀 눈이 펑펑 내리자 노인은 어떠냐며 안재수를 쳐다보았다.

"와! 대단하시네. 집에도 이런 장치를 해 놓으신 거예요? 역시 프로는 달라."

"푸우!"

물을 마시던 노인이 그대로 뿜으며 버럭 화를 냈다.

"너는 내가 흔한 가짜 마술사로 보이냐?"

"누가 가짜라고 했어요? 프로라고 했지."

"내가 말했지. 나는 켈트족의 흑마법을 이어받은 유일한 계승자라고."

안재수가 귀찮아하며 말했다.

"네네, 압니다. 켈트족의 흑마법을 이어받은 계승자시겠죠. 하지만 결국 손장난이고, 눈속임이라는 것도 잘 알고 있습니다."

노인은 열이 받아 씩씩거리며 냉장고로 가서 냉수를 들이켰다. 그때 번쩍하고 묘수가 떠올랐다.

"너, 맞기 싫지?"

안재수의 눈빛이 달라졌다.

"가겠습니다."

안재수가 벌떡 일어났지만 노인은 전처럼 잡지 않았다.

'아킬레스건을 건드렸구나. 후후후! 그래, 이거야.'

노인은 현관으로 걸어가는 안재수에게 넌지시 말을 건넸다.

"때리고 싶지? 너를 무시하고 괴롭히는 놈들을."

안재수의 인상이 변했다. 하지만 노인의 말을 무시하고 문고리를 잡았다.

"때린 놈들은 발 뻗고 자는데, 맞은 놈은 끙끙거리며 침대에서 울고 있다. 세상이 그러면 안 되는데."

노인의 말에 안재수는 걸음을 멈추었다.

"그래서, 슈퍼맨이나 스파이더맨 영화처럼 제가 무적의 히어로라도 될 수 있답니까?"

물론 기적이 일어나기를 바라고 한 말은 아니었지만, 안재수의 심정을 대변해 주는 말이었다.

"슈퍼맨은 내가 봐도 거짓이야. 사람이 어떻게 빛의 속도로 날아다니고, 눈에서 레이저 광선을 발사할 수 있다는 말이야. 지가 무슨 마징가 제트도 아니고. 그렇지?"

안재수가 콧방귀를 뀌며 다시 문고리를 잡자 노인이 웃으며 말했다.

"하지만 스파이더맨은 어느 정도 가능해. 빌딩 사이를 날아다니지 못해도 기어 올라갈 수는 있어."

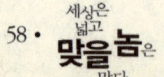

안재수는 흠칫하다가 피식 웃었다.

'내가 지금 뭐 하는 거야. 슈퍼맨은 불가능하지만 스파이더맨은 어느 정도 가능하다는 말에 반응을 보이다니. 아, 내가 미쳤어. 캔 맥주나 사서 집에 가자.'

갑자기 술이 당겼다.

"그래, 가라. 가서 술이나 마셔. 네가 그 문을 나서는 순간 영원히 쫄따를 벗어나지 못해."

안재수의 몸이 경직되었다.

'쫄따?'

노인은 느긋하게 앉아서 말을 이었다.

"하지만 내 말을 따르면 너를 쫄따 취급하는 놈들을 모조리 때려눕힐 수가 있어. 아마 네 인생의 처음이자 마지막 기회가 될 거야."

거짓말이라도 좋았다. 놈들을 때려눕힐 수만 있다면 어떤 짓이라도 할 수 있었다.

"어떻게 하면 되는데요?"

'옳다구나. 넘어왔어.'

노인이 천천히 말했다.

"켈트족의 흑마법을 배워. 이걸 보면 다 나와 있어."

툭!

노인이 두꺼운 책 한 권을 던지자 안재수가 얼떨결에 받았다.

"격투기 선수처럼 강해지나요?"

"풋! 격투기 선수?"

노인은 웃음이 나왔지만, 안재수는 심각했다.

"네. UFC의 벨라스케즈나 마크 헌트, 존 존스, 그리고 제가 제일 좋아하는 브록 레스너처럼 강해지나요?"

"그보다 100배는 강해질 수 있다."

노인이 일어나 안재수에게 다가갔다.

"네가 약한 것은 알고 있지만, 그래도 20살밖에 안 되었으니 힘이 넘쳐날 거다. 전력으로 나를 때려라."

"진짜요?"

안재수가 망설이자 노인이 그의 뺨을 가볍게 때렸다.

"왜? 믿기지 않아? 평생 맞으면서 살고 싶어?"

안재수의 볼이 실룩거렸다.

"사랑하는 여자 앞에서도 맞고, 어머니 앞에서도 맞고. 그렇게 살고 싶어?"

노인이 거침없이 도발을 하자 순둥이 중의 순둥이 안재수가 마침내 폭발했다.

"닥쳐!"

안재수가 눈을 감고 있는 힘을 모두 실어서 노인에게 펀치를 날렸다.

뻑!

20살 청년이 전력으로 날린 펀치가 노인의 얼굴에 꽂혔다.

'헉! 내가 무슨 짓을 한 거야.'

안재수는 눈을 뜨고 노인을 쳐다보았다.

"이럴 수가."

주먹이 마치 벽에 부딪친 것처럼 노인의 얼굴 1센티미터 앞에서 멈추어 있었다.

"월(Wall)이라는 거다."

노인이 가볍게 손짓을 했다.

"이것도 눈속임이거나 장치라고 생각한다면 전력을 다해서 계속 때려."

'씨X! 이건 분명히 속임수야.'

안재수는 전력을 다해 펀치를 날렸고, 다시 벽에 부딪쳤다.

뻑뻑뻑!

'아니야.'

재차 펀치를 날렸고, 또 믿을 수가 없어 10여 차례 더 펀치를 날리고서야 씩씩거렸다.

"헉헉헉! 진짜야?"

손이 아파 더 때릴 수도 없었다.

"미련한 놈. 눈으로 보고도 믿지 못한다면 너는 계승자가 될 자격이 없다. 그냥 평생 맞고 살아라. Go away."

무슨 말인지는 안다. 이 상황에서 그런 말을 들으니 자존심이 엄청 상했지만, 안재수는 맞지 않고 때릴 수 있는 힘을 원했다.

"진짜 마법사입니까?"

"미련한 놈. 내 힘을 보여 주마. 어둠아, 내려라."

햇빛이 들어오던 현관도 어두워졌다. 실내는 칠흑처럼 어두워졌고, 한 줄기 빛도 사라졌다.

"나는 만물의 조정자. 라이징(Rising)!"

실내의 모든 물건들이 30센티미터 이상 떠오르자 안재수는 공포에 휩싸였다.

'이게 뭐야! 진짜 내가 마법을 보고 있는 거야?'

"무빙(Moving)!"

노인이 두 팔로 오케스트라 지휘자처럼 지휘를 하자, 실내의 모든 물건들이 그 손짓에 따라 움직였다.

"이래도 내가 가짜 마술사 따위 같냐?"

"아닙니다."

"아니야. 너는 아직 나를 믿지 못해. 흑마법의 극치를 보여 주지. 라이트닝(Lightning)!"

번쩍!

실내에서 번개가 쳤고, 그것은 안재수를 관통했다.

"아아악!"

안재수는 비명을 지르며 기절했다.

"켈트족 흑마법의 정수를 네게 모두 주마."

노인의 몸에서 어둠이 일어나더니 기절한 안재수를 덮쳤다.

✦ ✦ ✦

"아악!"

안재수가 침대에서 벌떡 일어났다.

"미친 새끼!"

너무나 처절했던 고통에 욕이 절로 나왔다.

"헉헉! 씨X! 세상에… 내가 번개를 맞다니."

안재수는 온몸을 살펴보았지만 별다른 이상이 없었다.

"가만 안 둬! 이 양키 영감 어디 있어?"

안재수는 침대에서 내려와 주위를 살피다가 자신의 방이라는 걸 알고는 허탈하게 웃었다.

"꿈이었어?"

다시 봐도 냄새나는 자신의 방이었다.

"그럼 그렇지. 무슨 흑마법이야. 말도 안 되는 소리를……."

이게 다 최경도의 협박 때문이라고 생각하며 안재수는 방을 나와 소리를 쳤다.

"엄마, 배고파!"

"엄마가 어제 너무 바빴어. 미안해. 졸업식에 늦겠다. 어서 씻어!"

엄마가 방에서 뛰어나오며 고함을 쳤다.

'졸업식? 엄마가 너무 피곤해서 착각을 했나.'

"늦었어. 뭐 해? 빨리 씻어."

흑마법사 • 63

엄마는 번개처럼 화장을 하고 옷을 차려입고 나왔다.
"얘는! 뭐 해? 빨리 교복 입고 나와. 늦었어."
'어? 뭐야?'
어찌할 바를 모르는데, 엄마가 교복을 가지고 나와서 던졌다.
"택시 타고 가야겠다. 어서 입어."
안재수는 엄마의 재촉에 교복을 입었지만, 꿈인지 현실인지 구분이 가지 않았다.
'이거 꿈이지?'
졸업식을 치른 지 며칠이 지났는데 느닷없이 다시 졸업식이라니.
안재수는 엄마의 손에 이끌려 택시를 탔다.

"어이, 재수 없다! 안재수! 졸업식은 왔네."
꽃다발을 사러 간 엄마와 헤어져 강당 앞에 서서 주위를 두리번거렸다. 여전히 정신이 없어 확인을 해 보고 싶었다.
"진짜 졸업식이… 맞네."
교문 입구에 늘어서서 꽃다발을 팔고 있는 행상인들과 학부모들의 모습은 며칠 전 졸업식과 똑같았다.
"내가 꿈을 꾸고 있는 건 아니지?"
볼을 꼬집어 보고 나서야 안재수는 꿈이 아니라는 것을 확실히 알았다. 그러자 정신이 번쩍 들었다.

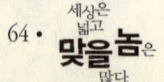

"그렇다면 미스터 파우스트라는 그 마법사 노인도 여기 있다는 말이잖아."

안재수는 강당 뒤쪽으로 뛰어갔다. 축하 공연을 준비 중인 재학생들과 행사로 바쁜 교사들이 오고 갔다.

"여기 마술 공연 하러 온 마법사 어디 있어?"

"잘 모르겠는데요."

"가면 쓰고, 덩치 큰 백인 마법사 못 봤어?"

"저희들은 몰라요."

"대기실 어디야?"

"대기실 같은 거 없어요."

재학생들은 귀찮아하며 자신들의 일에 몰두했다.

"무대 뒤에 가면 있지 않을까?"

안재수가 강당 뒷문으로 들어가려는데, 악명이 자자한 학생주임이 지시봉을 들고 나왔다.

"거기, 안재수 맞지? 인마, 여기서 뭐 해? 지금 졸업식 시작하니까 어서 강당으로 가."

학생주임에게 좋지 않은 기억이 태반인 터라, 안재수는 고개를 숙이고 마지못해 대답했다.

"네, 알겠습니다."

"자식이, 3년 내내 골칫거리더니 졸업식 날까지 멍청해서는. 쯧쯧쯧!"

학생주임이 혀를 차자 재학생들이 안재수를 힐끔 쳐다

보며 웃었다.

'미친개가 후배들 앞에서 나를 놀려! 빌어먹을 놈! 선생이면 다야!'

안재수는 민망함과 함께 분노가 솟았다.

'내가 뭐 때문에 만날 걸려서 반성문을 썼는지도 모르면서! 최경도 패거리들이 온갖 심부름을 시키는 바람에 그랬는데! 당신도 그 새끼들만큼 나빠! 에라! 벼락이나 맞아라! 라이트닝!'

안재수가 학생주임의 뒤통수를 째려보며 주문을 외웠다. 그 순간 상상하지도 못했던 괴사가 일어났다.

"끄아아악!"

학생주임이 전기에 감전된 것처럼 몸을 꼬며 주저앉은 것이다.

"선생님!"

재학생들이 깜짝 놀라자 학생주임은 벽을 잡고 일어나더니 주위를 살피며 고함을 질렀다.

"전기가 합선된 모양이야. 다들 피해!"

"엄마야!"

"전기 합선이래!"

학생주임이 비틀거리며 피하자 재학생들도 놀란 개구리처럼 이리저리 뛰어다녔다.

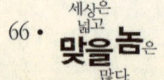

제3장

두 번째 졸업식

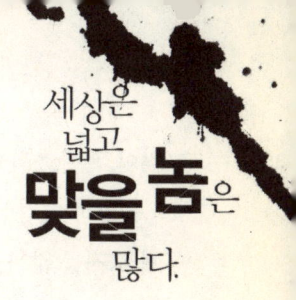
세상은 넓고 **맞을 놈**은 많다.

안재수는 꼴 보기 싫은 학생주임과 건방진 재학생들이 난리를 피우는 장면을 지켜보다가 강당으로 뛰어갔다.

'대체 어떻게 된 일이야! 학주가 갑자기 감전되다니! 진짜로 내 주문이 통한 거야? 설마… 진짜 전기 합선이 일어난 거겠지. 그런데 학생들은 왜 아무 이상이 없었지?'

안재수는 학생주임이 몸을 비틀며 쓰러지는 모습을 떠올리자 찌릿해졌다. 상상하지도 못했던 일이 일어나자 흥분이 가라앉지 않았다.

'그 노인에게 마법을 배우지도 않았어. 아니, 그것보다 진짜로 내가 그 노인을 만났던 거야? 꿈인 줄 알았는데.'

안재수는 멍하니 서서 강당을 보았다. 생각이 정리되지

않아 혼란스러웠다.

 분명히 졸업식을 치른 지 며칠이나 지났는데 다시 졸업식에 오지를 않나, 배우지도 않은 마법이 통하지를 않나, 이래저래 정신이 없었다.

'이것도 꿈은 아니겠지?'

"재수야."

 멍하니 서 있는 안재수에게 큰 뿔테 안경을 쓴 덩치 큰 친구가 찾아왔다.

"뭐 해? 졸업식 시작하는데 자리에 앉지 않고?"

"조민태."

 소위 SKY라는 최고 명문대에 갈 수 있는 점수였지만, 안재수가 지원한 경명대 의대에 수석으로 합격한 같은 반 친구였다.

"잠시 뭐 좀 생각하느라."

 안재수는 몇 마디 나눠 보지 못했던 사이라 서먹했다. 쫄따구는 반에서 격리되어 따로 생활하는 사람이나 마찬가지였던 것이다.

"그렇구나."

 조민태는 공부 외에는 어떤 일에도 관심을 보이지 않았던 동기였다. 최경도 패거리들이 못마땅하게 여겼지만 워낙 성적이 뛰어나 건드리지 못했었다.

"대학에 가서는 친하게 지내자. 우리 학교에서 경명대에 가는 사람은 우리뿐이잖아."

"어, 그러자."

조민태가 웃으며 자리로 가자, 안재수는 겨우 의자에 엉덩이를 걸치고 다시 생각에 빠졌다.

'아, 대체 이 상황을 어떻게 받아들여야 하나.'

주위를 둘러보니 졸업식 때 보았던 모습 그대로였다. 엄마는 학부모석에서 안재수를 보며 손을 흔들었고, 민욱도 얌전히 앉아 있었다.

'그보다 진짜 내가 마법사가 된 게 맞아? 배운 적도 없는데?'

지난번과 똑같이 졸업식이 진행되었지만 안재수는 관심도 없었다. 머리를 쥐어짜며 고민만 했다.

'마법사가 졸업식 축하 공연에 나오지.'

무대 위로 재학생들이 아이돌 그룹처럼 의상을 입은 채 뛰어나오자 눈을 크게 떴다.

'이 다음이 마술 쇼! 그 노인을 만날 수 있어.'

안재수는 후배들의 재미없는 공연이 끝나기를 기다렸다.

그리고 드디어 후배들이 내려가고 마법사가 무대 위에 나타났다.

"Welcome to the magic world."

뿔이 달린 마왕 가면을 쓴 백발의 마법사가 쇼를 시작하자 안재수는 조용히 강당을 빠져나와 뒷문으로 들어갔다.

무대 뒤편에서 공연을 끝낸 후배들이 뒷정리를 하고 있었다. 안재수는 학생주임이 있는지 살펴보았다.

'마법 쇼가 끝나면 이리로 나올 거야. 그때 물어봐야지. 도대체 내게 무슨 일이 일어났는지를.'

마법 쇼가 진행되는 10여 분이 마치 1시간처럼 길게 느껴졌지만 안재수는 입술을 깨물며 참았다.

그리고 마침내 작은 박수 소리와 함께 마법 쇼가 끝나고 마법사가 무대 뒤로 나왔다.

"저기요."

안재수는 한달음에 뛰어가서 마법사를 잡았다.

"대체 내게 무슨 짓을 한 거예요?"

안재수가 대뜸 고함을 지르며 팔을 잡자 마법사가 놀라서 뿌리쳤다.

"왜 이래!"

"왜 이러기는요. 할아버지가 집에서 벼락을 내리쳐서 제가 과거로 돌아갔고, 마법도 익히게 되었잖아요."

너무 흥분을 해서 말이 중구난방으로 새어 나왔다.

"자식이 돌았나! 너 뭐 하는 놈이야!"

"뭐 하는 놈이기는요! 할아버지 때문에 이상하게 일이 꼬인 놈이죠. 어서 대답해요. 대체 내게 무슨 짓을 한 거죠?"

"이 자식 미친 게 맞네. 누구더러 할아버지라는 거야? 내가 가발을 썼다고 영감인 줄 알아?"

마법사가 화를 버럭 내며 가면을 벗고, 가발을 신경질적으로 잡아당겼다.

"어? 당신은……."

놀랍게도 가면의 주인은 백발의 백인 노인이 아닌, 20대의 한국 남자였다.

"이럴 리가 없는데."

씩씩거리는 남자의 얼굴과 가발을 번갈아 쳐다보던 안재수는 어지럼증을 느끼며 휘청거렸다.

남자가 자신을 밀치고 나가려고 하자 안재수는 급히 팔을 잡았다.

"이거 안 놔."

남자가 인상을 쓰며 손을 들자 안재수는 사정을 했다.

"딱 한 가지만 물어볼게요. 제발요."

"이 자식이! 휴! 그래, 물어봐라. 한국고 졸업생 같은데, 출연료 받은 기념으로 용서해 준다."

남자의 말에 안재수가 급히 물어보았다.

"혹시 대타로 오신 건 아니죠?"

"내가 Mr. 파우스트다. 마법 협회에도 그렇게 등록이 되어 있고, 이 분장도 이 바닥의 규칙상 나 외에는 아무도 하지 못해. 됐지?"

"하나만 더 물어볼게요."

"그래. 마트에서 파는 물건도 1+1이 있는데, 질문 하나 더

두 번째 졸업식 • 73

받아 주는 게 뭐 힘들까. 해 봐."

남자가 선심을 쓰자 안재수는 잠시 고민하고는 마지막 질문을 했다.

"혹시 집이 주공아파트 단지 쌈지 공원의 주택이 아닌가요?"

"나는 신림동 원룸에 산다. 이제 됐지?"

남자는 뒤도 돌아보지 않고 가 버렸고, 안재수는 그대로 주저앉아 버렸다.

"이게 뭐야?"

그때 교사 한 명이 무대 뒤로 오더니 안재수를 보고 고함을 질렀다.

"거기, 졸업생이지? 뭐 해! 졸업장 수여하잖아."

"네, 알겠습니다."

안재수는 힘없이 다시 강당으로 향했다.

귀찮은 얼굴로 교장에게 졸업장을 받은 안재수는 자리에 앉지 않고 엄마에게 갔다.

"아직 졸업식 다 안 끝났잖아."

"졸업장 받으면 졸업식도 끝이야. 괜히 끝까지 남을 필요 없어. 그냥 가."

안재수는 졸업식이 끝날 때까지 있고 싶은 마음이 없었다.

'욱이 부모님과 어울리면 보림각에 가야 돼. 그럼 최경도

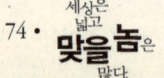

그 자식을 만나게 될 거고.'

이미 어떤 일이 일어날지 알고 있는데, 다시 최경도에게 맞을 필요는 없었다.

"어서 가."

안재수가 고집을 피우자 엄마도 어쩔 수 없이 따라 나왔다.

"사진이라도 찍어야지. 남는 건 사진밖에 없어."

'여기에 아무런 미련도 없고, 추억으로 남기고 싶지도 않아.'라는 말이 목구멍까지 올라왔지만 뱉어 낼 수는 없었다.

엄마는 아들이 3년 내내 쫄따였던 걸 몰랐고, 앞으로도 영원히 알아서는 안 되었다.

"몇 장만 찍고 가. 요즘은 촌스럽게 수십 장씩 안 찍어."

이것까지는 거부할 수가 없어 대충 학교를 배경으로 사진을 찍고, 엄마의 손을 잡고 학교 밖으로 나왔다.

"욱이 부모님도 졸업식에 왔을 건데. 오랜만에 같이하면 좋은데."

엄마는 하나뿐인 아들의 졸업식을 이대로 보내는 게 아쉬웠다.

"다음에 만나."

"그래. 그럼 우리 맛있는 거 먹으러 가자. 졸업 기념으로 엄마가 통 크게 쏘마. 우리 아들, 어디 가고 싶어?"

"아무 데나."

"아무 데나가 어디 있어. 그럼 엄마가 정한다. 우리 오랜만에 보림각에 갈까? 거기 탕수육과 짬뽕이 일품이잖아."
"헉! 안 돼!"
안재수가 고함을 지르자 엄마가 놀라서 쳐다보았다.
"왜 그래? 너 보림각 좋아하잖아."
당황한 안재수는 보림각만은 절대 안 된다고 치를 떨다가 갑자기 배를 잡았다.
"보림각에 갈 거면 저녁에 가자. 배가 아파서 그래."
"갑자기 배가 왜 아파? 아침도 안 먹었는데."
"어젯밤에 먹은 라면이 영 안 좋아. 그러니까 그냥 집에 가자."
안재수는 강당에서 몰려나오는 졸업생들과 학부모들을 보고는 얼른 자리를 뜨려 했다.
"저녁에는 엄마 가게 열어야 하는데."
"오늘 아들 졸업식인데 하루 쉬어. 이런 날 아니면 언제 쉬어. 택시!"
안재수는 엄마의 대답도 듣지 않고 택시를 세웠다.

✦ ✦ ✦

약국에 다녀온다고 옷만 갈아입고 나온 안재수는 아파트 단지를 나와, 혹시 또 패거리들을 만날까 두려운 마음으로 죽을힘을 다해 달려서 쌈지 공원에 도착했다.

"헉헉! 여기 맞지."

숨이 차올랐지만 쉬지 않고 기억을 더듬어 노인이 살고 있는 주택을 찾았다. 그러나 쌈지 공원 근처를 몇 바퀴나 돌았지만 주택은커녕 텐트 하나 보지 못했다.

"여기 숲길 근처에 단층짜리 주택 없어요?"

쌈지 공원에서 장기를 두고 있는 노인들에게 물어보았지만, 돌아온 건 혀 차는 소리뿐이었다.

"여기는 집을 못 짓는 곳이야."

"네? 어제 여기서 분명히 주택을 보았는데요."

"허 참! 젊은 애가 헛것을 보았군. 여기는 보호구역이라서 집이고 뭐고 어떤 건물도 지을 수가 없어."

노인들은 두말하지 않고 장기에 열중했고, 안재수는 하루 종일 일어나는 괴사에 넋이 나갔다.

"귀신에 홀렸나……."

노인들에게 더 이상 물어보았다가는 또 미친놈 소리를 들을까 봐 안재수는 근처 슈퍼를 찾아 음료수를 사면서 슬쩍 물었다.

"숲길에 주택은 없어. 전에도 없었고, 앞으로도 못 지어. 아니지. 여기가 재개발이 된다면 그때는 지을 수도 있겠네."

"그렇지. 우리 지역구 최성태 의원이 여당의 중진이고, 재개발을 공약으로 내걸었으니 아마 잘될 거야. 그래야 우리 같은 사람들도 한몫 잡을 수가 있고."

"호호호! 그래서 내가 이 가게를 안 팔고 버티는 거잖아. 하루에 10만 원 벌이도 안 되지만."

중년의 슈퍼 주인아저씨는 친구와 막걸리를 마시며 재개발 이야기로 희희낙락했다.

"많이 파세요."

재개발에는 별 관심이 없는 안재수는 슈퍼를 나와 다시 쌈지 공원으로 가서 숲길을 걸었다.

"여기가 맞는데."

바로 어제의 일이었고, 동네 주변 길이라 길을 잘못 찾았을 리가 없었다. 하지만 주택은 없었고, 그 주택에 살고 있던 노인은 존재할 수가 없었다.

"꿈을 꾸나? 그래, 차라리 꿈이라면 좋겠어. 마법도 부리고 말이야."

그 순간, 안재수는 학주에게 마법을 펼쳤던 것을 떠올리며 조심스럽게 주위를 살펴보았다. 인적이라고는 없었고, 주택가와도 멀리 떨어져 있었다.

"될까? 에이! 설마."

그러면서도 안재수는 학교에서처럼 눈을 감고 주문을 외웠다.

"라이트닝!"

아무런 변화도 없자 몇 번이고 다시 외쳤다.

"라이트닝! 라이트닝! 라이트닝!"

휘이잉!

스산한 겨울바람이 불어와 먼지를 날렸다.

"퉤퉤! 입안에 먼지만 들어갔네. 에이, 그것도 우연이었어. 그럼 그렇지. 내 복에 무슨 마법이야."

각박하기만 한 3년의 시간이었다. 기도도 해 보고, 선생에게 말도 해 보았다. 교육청에 투서도 넣었고, 폭력 상담 교실을 찾아가서 상담도 해 보았다.

별짓을 다 해 보았지만 돌아온 건 더한 폭력과 욕설, 모욕뿐이었다.

"지긋지긋했던 한국고와 바이바이 한 걸로 만족하자. 엄마를 혼자 두고 가는 게 마음에 걸리지만 어쩌겠어. 미리 독립한다고 생각하면 돼. 미국이나 유럽에서는 다들 그런다고 하던데."

혼자 자위하며 주택이 있던 자리를 떠나려는데, 햇빛을 받아 반짝 빛나는 무엇인가가 눈에 들어왔다.

"이게 뭐야?"

땅에 박혀 있는 뿔 같은 게 보였고, 안재수는 조심스럽게 잡아당겼다.

쑥!

생각보다 너무 쉽게 빠져나와 안재수는 엉덩방아를 찧으

며 넘어질 뻔했다. 하지만 뿔의 정체를 확인하고는 눈을 크게 뜨며 기함했다.

"이건 노인이 가지고 있던 칼!"

파란색의 뿔은 칼자루였고, 날이 시퍼렇게 서 있었다.

"분명해. 이 칼로 노인이 배를 찔렀고, 나는 장치가 되어 있다고 말했어. 어떻게 된 거야?"

다시 정신이 혼미해졌지만 안재수는 냉정해지려고 노력했다. 우선은 노인이 한 것처럼 칼을 자신의 배에 대고 슬쩍 눌러 보았다.

서걱.

놀랍게도 입고 있는 점퍼가 베어지며 오리털이 뭉텅 튀어나왔다.

"이거 진짜 칼이잖아. 아니야! 다시 한 번 더 시험해 보자."

안재수는 튀어나온 오리털을 밀어 넣으며, 숲길을 조성하고 있는 전나무에 대고 칼을 있는 힘껏 밭았다.

푹.

마치 두부에 박히는 것처럼 칼은 전나무 속으로 파고들었고, 너무 놀란 안재수는 칼에서 손을 떼었다.

"진짜였어. 칼도, 노인도, 집도."

너무나 특이한 모양의 바다처럼 파란색의 칼자루가 기억에 선명했다.

"드래곤 소드라고 했지. 켈트족의 흑마법사를 상징하는, 세상에서 가장 강하고 위대한 칼이라고……."

떨리는 손으로 칼자루를 잡자 드래곤 소드는 마치 자석에 이끌리는 쇠붙이처럼 안재수의 손으로 들어왔다.

"신기하다."

안재수는 드래곤 소드의 매력에 흠뻑 빠져 버렸다.

최경도 패거리들이 값싼 나이프를 가지고, 장난이라며 몇 번이나 위협을 가해서 칼이라면 질색을 했었다. 그런데 드래곤 소드는 달랐다.

"가만히 생각해 보니 노인이 마법서라고 던져 준 두꺼운 책을 받았는데."

드래곤 소드를 보자 마법에 대한 호기심이 강하게 일어나며 마법서에 대한 욕심이 생겼다.

주위를 살펴보았지만 마법서는 보이지 않았다.

"아깝다. 그 책이 있으면 마법을 익힐 수 있었을 텐데. 마법은 이제 나하고 영영 이별인가."

하나를 가지면 두 개를 가지고 싶은 게 인간의 욕심이라더니, 안재수도 마찬가지였다.

"어쩔 수 없지. 이거라도 건진 게 어디야."

칼집이 없는 드래곤 소드를 어디에 넣어야 할지 고민되었다. 너무 날카로워 아무 데나 넣을 수는 없었다.

"들고 갈 수는 없고, 주머니에 살짝 넣어 볼까?"

점퍼 왼쪽 주머니에 조심해서 넣었다. 그러나 주머니가 그대로 잘려 나갔다.

"아악! 엄마가 마음먹고 사 준 비싼 점퍼가 작살이 났어!"

이월 상품이지만 무려 20만 원이나 주고 산 점퍼였다. 안재수의 옷 중 가장 비싼 옷이자, 유일한 유명 브랜드였다.

"그렇다고 들고 다니다가는 강도로 오인받기 딱 좋은데. 아, 고민이네."

안재수는 혹시나 하는 마음에 주위를 다시 한 번 천천히, 아주 자세히 살펴보았다.

"이런 칼을 그냥 들고 다녔을 리가 만무해. 분명히 칼집이 따로 있을 거야."

보통 칼이 아니었다. 드래곤 소드라는 이름까지 붙은 칼이 칼집이 없다는 건 말이 안 된다고 생각했다.

해가 서서히 서편 하늘로 기울어지고 있었지만 안재수는 평소와는 달리 끈질겼다.

"책은 못 찾았지만, 드래곤 소드만큼은 완전체를 만들 거야. 영화를 보더라도 이런 칼은 엄청난 비밀을 간직하고 있는 법이거든."

칼집을 찾으며 안재수는 여러 가지 상상을 하느라 시간이 흘러가는 것을 알지 못했다.

그러던 어느 순간, 나무뿌리 사이로 아주 자그마한 이물질이 끼어 있는 것을 발견하고는 급히 땅을 팠다.

"이거야! 하하하! 심봤다."

칼자루와 똑같은 색깔과 무늬의 칼집을 드디어 발견한 것이다. 흥분해서 칼을 끼워 보니 딱 들어맞았다.

"역시 하늘은 스스로 돕는 자를 돕는다고!"

안재수는 실성한 사람처럼 웃다가 배에서 보내는 신호에 정신을 차렸다.

시간은 거꾸로 흘렀지만 신체는 그대로였다. 어제 아점을 먹은 후에 계속 굶고 있었다.

"엄마하고 저녁 먹기로 했지. 늦기 전에 어서 가자."

겨울의 짧은 해가 벌써 지고 있었다.

안재수는 엄마와 외식을 하면서도 정신은 드래곤 소드에 팔려 있었다. 돼지갈비를 입으로 먹었는지, 코로 먹었는지도 모르게 대충 먹고는 서둘러 집으로 돌아왔다.

"잘게."

"벌써? 엄마랑 맥주 한잔하자."

"엄마, 미안. 피곤해서 그래."

안재수가 냉정하게 방으로 들어가 버리자 엄마는 섭섭한 얼굴로 한숨을 쉬었다.

'미안해, 엄마.'

엄마의 한숨 소리를 들었지만, 안재수는 드래곤 소드를 조사하는 일이 더 중요했다.

"바이킹들이 부는 뿔 나팔처럼 생겼네."

안재수는 스마트폰으로 뿔 나팔을 검색해서 사진으로 비교해 보며 탄성을 질렀다.

"그런데 이렇게 뽑으면 칼이 나온다는 말씀. 하하하! 정말 볼수록 신기해."

휴지를 한 장 뽑아서 드래곤 소드에 살짝 대었다. 그러자 휴지는 아주 깔끔하게 잘렸다.

"호! 그럼 이번에는 볼펜을."

두꺼운 플라스틱의 외피를 자랑하는 볼펜도 드래곤 소드에 닿자마자 그대로 반 토막이 나 버렸다.

"우와! 좋아! 이번에는……."

방 안을 살펴보던 안재수의 눈에 방구석에 내버려 두었던 아령이 들어왔다.

"이건 힘들겠지."

설마하며 한 손에 아령을 들고 드래곤 소드로 살짝 그어 보았다.

쿵!

아령이 반으로 잘리며 방바닥에 그대로 떨어졌다.

"이런……."

눈알이 튀어나올 정도로 놀라웠다.

"재수야, 뭐 하니?"

아령이 방바닥에 떨어지는 소리를 들은 엄마가 걱정스럽

게 묻자 안재수는 대충 둘러대었다.

"운동하다가 아령을 떨어뜨렸어."

"저런! 다치지는 않았어? 잔다더니 갑자기 무슨 운동이야."

"괜찮아, 엄마. 미안."

안재수는 문에 귀를 대고 엄마의 기척을 살핀 후, 다시 침대로 돌아왔다.

"세상에… 이런 칼이 존재하다니. 내 눈으로 보았지만 믿기지가 않아."

순간 안재수는 드래곤 소드를 최경도 패거리들의 목과 팔에 긋는 상상을 하다가 몸을 떨었다.

"안 돼. 그건 살인이야."

하지만 가슴 깊은 곳에서는 살의가 튀어나왔다.

"만약에 다시 만나게 된다면 그때는 모르지."

3년 내내 자살을 고민했을 정도로 지독하게 당했던 기억에 자신도 모르게 드래곤 소드를 그었다. 그러다 실수로 왼손바닥이 베이고 말았다.

"아, 따가워."

안재수는 얼른 거둬들였지만, 피 한 방울이 드래곤 소드에 떨어졌다.

그 순간, 안재수의 피가 드래곤 소드에 스며들며 칼집처럼 파란색으로 변했다.

"와! 진짜 신기하네. 피 한 방울이 묻었다고 색깔이 변하다니."

손바닥의 통증보다 드래곤 소드의 변화에 정신이 팔렸다.

"피를 더 묻혀 볼까? 그럼 또 다른 변화가 일어날지 모르잖아."

순둥이 중의 순둥이 안재수도 드래곤 소드처럼 변해 가고 있었다.

"어? 이건 또 뭐야?"

드래곤 소드에 베인 왼 손바닥에 난생처음 보는 문자들이 빼곡하게 나타났다.

"어?"

처음 보는 문자들에 당황했지만, 이상하게도 머릿속에서 글자들이 해석되고 있었다.

〈켈트족의 후예여, 천 년을 내려오는 비결을 남기노니 부디 켈트족의 흑마법을 이어 가길 바란다.〉

문자를 해석하던 안재수는 깜짝 놀랐다.

"방금 내가 이 문자들을 해석한 거야?"

그 사실을 믿을 수가 없어서 다시 한 번 왼 손바닥을 들여다보았다.

〈로마 놈들의 공격에 우리는 궤멸해 가고 있지만, 켈트족의 흑마법을 놈들에게 빼앗길 수는 없다. 나의 후예여, 켈트족의 영광을 반드시 재현해 다오.〉

안재수는 놀라며 머리를 들었다.
"꿈은 아니겠지?"
손바닥에 나타난 문자들을 보며 자신의 뺨을 꼬집었다.
"아야! 꿈은 아니구나. 그렇다면 내 손바닥이 지금 마법서를 재현하고 있는 거야?"
너무나 궁금한 게 많았지만 물어볼 대상이 없었다. 노인은커녕 노인이 살고 있던 집도 없는 마당에 안재수는 스스로 모든 것을 터득할 수밖에 없었다.
"혹시 내가 맞은 벼락이 이 모든 것을 가능하게 만든 건 아닐까?"
상상의 나래를 펼치던 안재수는 머리를 세차게 흔들고 다시 손바닥에 시선을 주었다.

〈로마 놈들의 계략은 무섭다. 모든 길목에 함정을 만들어 놓은 걸로도 부족해서 우리에게 호의적인 부족들까지 말살시켜 버렸다. 우리는 고립무원이다. 크윽! 억울하다. 로마 놈들 따위에게 이렇게 당하다니. 우리의 힘을 너무 믿은 것이 패착이다.〉

이야기는 주로 로마인들에게 당해서 패퇴하는 켈트족의 처참한 심경을 담고 있었다.

"흑마법에 대한 이야기는 언제 나오는 거야? 그런데 이거 하면 할수록 재미있네. 마치 내 손바닥이 스마트폰이 된 것 같아."

내용도 내용이지만, 스마트폰처럼 손가락으로 밀면 다음 페이지로 넘어가는 게 흥미로웠다. 다만, 앞의 내용을 해석하지 못하면 아무리 손가락으로 밀어도 뒤로 나아가지 못했다. 나름대로 장치를 해 둔 모양이었다.

'중요한 건 내용이지.'

안재수는 왼 손바닥의 문자들을 해석하다가 실수로 드래곤 소드의 칼날을 건드렸다.

"아앗!"

깜짝 놀라며 얼른 손을 떼었는데, 신기하게도 오른손에 아무런 이상도 없었다. 그 날카로운 드래곤 소드가 아무렇지도 않은 것이다.

"진짜로 그런 거야?"

안재수는 침을 꿀꺽 삼키며 조심스럽게 드래곤 소드에 손가락을 살짝 대어 보았다. 소심하기 그지없는 안재수로서는 아주 대단한 모험이었다.

"뭐야? 칼날이 망가진 거야?"

베어지지도 않을뿐더러 날카롭다는 느낌도 들지 않았다.

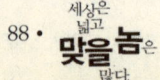

간이 배 밖으로 나온 안재수는 심지어 오른손으로 드래곤 소드를 장난감처럼 만지작거렸다.

한데 놀랍게도 아무 이상이 없었다. 잠깐 스치기만 해도 살이 베어졌는데, 지금은 날이 없는 것 같았다.

"칼이 파랗게 변하더니, 기능도 사라진 건가?"

안재수는 드래곤 소드로 반 토막 난 아령을 다시 그어 보았다.

서걱!

아령이 다시 두부처럼 잘려 나갔다.

"어떻게 된 거지? 드래곤 소드와 내가 서로 통하고 있다는 말인가?"

판타지 영화에서 기물(奇物)과 주인공이 서로 영혼이 통하는 걸 본 기억이 났다.

"나도 그런가?"

볼수록 신기했다.

툭툭.

안재수는 온몸으로 드래곤 소드를 건드려 보았다. 아무런 이상이 없었다.

"거참, 신기한 칼일세."

절로 미소가 그려졌다.

안재수는 다시 왼 손바닥의 문자들을 해석했다.

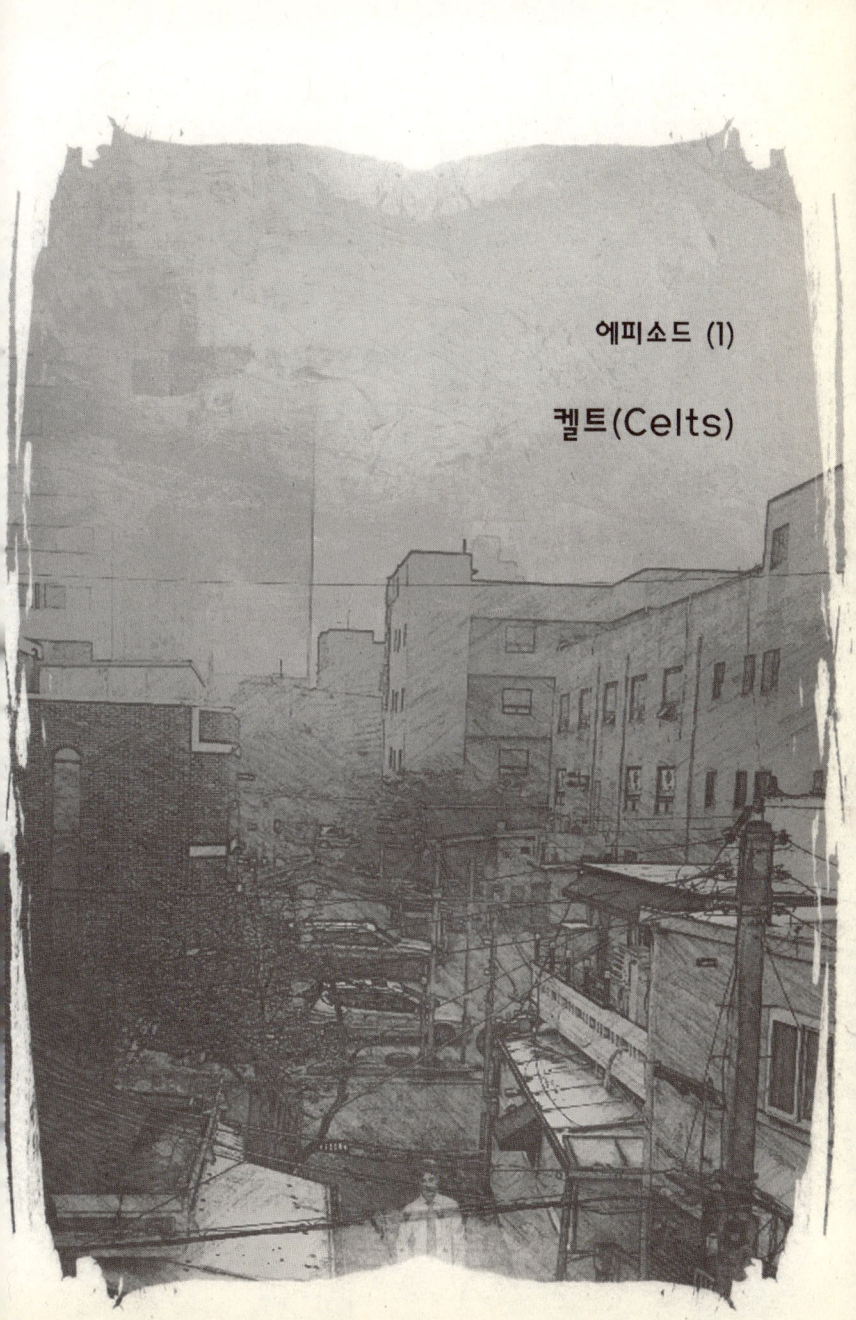

세상은 넓고
맞을 놈은
많다.

 근육으로 똘똘 뭉친 건장한 사내가 무지막지하게 큰 검을 들고 말했다.
 "로마 놈들이 지척에 왔다."
 피로 얼룩진 100여 명의 전사들이 투구를 고쳐 쓰며 웃었다.
 "죽으려고 왔네."
 "대장, 한판 질척하게 싸웁시다."
 눈발이 날리는 전장이었지만, 전사들과 대장은 상체의 근육을 그대로 드러내고 있었다.
 "죽어도 좋은가?"
 대장이 검을 어깨에 올리며 말하자 전사들이 웃으며 대

답했다.

"언제 우리가 죽을 각오를 하지 않은 적이 있소?"

"어차피 칼날 위에서 사는 인생 아니었소. 로마 놈들 따위는 두렵지 않소."

전사들은 피가 묻은 검을 내리는 눈에 닦았다.

"그렇지. 우리는 칼날 위에 사는 인생이지."

대장은 무지막지하게 큰 검을 땅에 꽂았다.

"행운의 여신이 우리를 떠나더라도 슬프지 않다. 우리에게는 전장의 신이 있기 때문이다."

우렁찬 소리에 전사들도 일제히 검을 땅에 꽂았다.

"죽음의 신은 늘 지하에서 우리와 함께한다."

그그그궁!

땅이 울렸다.

대장이 천천히 검을 뽑았다.

"전장의 신과 죽음의 신이 우리와 함께한다."

전사들도 일제히 검을 뽑았다.

"켈트족의 전사들은 죽음을 두려워하지 않는다."

싸우고자 하는 전의가 하늘을 찔렀다.

쿵쿵쿵.

전사들이 일제히 발을 굴렀다.

"와라."

"다 죽여 주마."

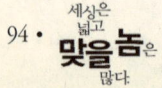

멀리서 흙먼지가 일어나며, 천 명이 넘는 로마군들이 철갑으로 무장한 채 돌진해 왔다.

"이제 시작이다."

대장이 씨익 웃었다.

"비겁한 새끼들."

"방패막이들이 다 떨어지니까 이제야 나타나네."

"한판 놀아 보자."

전사들은 검을 움켜쥐며 다가오는 로마군을 노려보았다.

"더러운 켈트족을 말살시켜라!"

전차를 타고 있는 로마군의 장군이 외쳤다.

"와아!"

로마군이 물밀 듯이 쳐들어왔다.

"가자!"

대장이 외치자 전사들이 거친 야생마처럼 로마군을 향해 돌진했다.

"죽여라!"

전장에 피의 향기가 물씬 피어올랐다.

제4장

켈트족의 세계로

세상은 넓고 **맞을 놈**은 많다.

밤을 꼬박 새운 안재수는 양치질을 하고 거울을 보며 중얼거렸다.

"이걸 본다고 밤을 새다니……."

다크써클이 가득했다.

세수를 하고 시계를 보았다.

"벌써 오후 1시라니. 완전 백수 모드로 접어들었구나."

밤새 왼 손바닥의 문장들을 해석했지만, 마법에 관한 이야기는 단 한 줄도 없었다.

"이렇게 매일 밤을 새면 켈트족 역사 전문가가 되겠다."

스마트폰처럼 원하는 페이지를 찾을 수 있다면 좋겠다는 생각을 하던 그는 텅 비어 버린 냉장고에 절망했다.

"밖에 나가야 돼?"

하루 종일 손바닥을 봐도 시간이 모자라지만, 밖에 나가면 그럴 수가 없었다. 아무것도 없는 손바닥을 계속 쳐다보고 있으면 미친놈 취급을 당할 게 뻔했다.

"아니지! 스마트폰을 보는 것처럼 행동하면 돼."

그때 빅뱅의 판타스틱 베이비 벨 소리가 울리자, 안재수는 신경질적으로 스마트폰을 잡았다.

"엄마! 밥은?"

(미안, 우리 아들. 가게에 와서 먹으면 안 돼? 엄마가 어제 졸업식 때문에 정신이 없어 시장도 못 봤어.)

"거기까지 가야 돼?"

(오랜만에 엄마 가게에서 밥 먹어. 얼마 안 있으면 얼굴도 못 보는데.)

그러고 보니 어제 엄마가 한숨을 쉬며 하던 말이 생각났다.

"알았어."

(그래. 우리 아들 좋아하는 육개장 해 줄게.)

✦ ✦ ✦

2월의 찬바람이 얼굴을 스치고 지나가자 안재수는 잠이 확 달아났다.

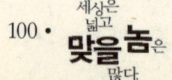

"으아! 추워. 충청도도 서울만큼 춥나? 난 정말 추운 건 질색인데."

아무리 덥고 땀을 많이 흘려도 여름이 겨울보다 좋았다.

여름은 청춘의 계절이라는 노래 가사처럼 대학에 들어가면 반드시 연애의 역사를 만들고 싶었다.

"졸업할 때까지 100번의 미팅과 소개팅을 하고야 말 거야."

최경도 패거리들이 여자들을 만나고 돌아다니면서 온갖 심부름을 시킬 때마다 결심했었다.

대학은 안재수에게 유일한 안식처이자, 희망의 최종 종착지였다.

"아, 버스 온다."

오후 시간의 버스는 한산했다. 빈자리에 앉은 안재수는 쏟아지는 잠을 떨쳐 버리려고 머리를 흔들었다.

"이 시간에는 아무도 없을 줄 알았는데, 그래도 사람들이 있네."

출퇴근 시간대도 아닌데 버스에 사람들이 있다는 게 신기했다. 버스 정거장을 지날 때마다 사람들이 타서 점점 버스가 복잡해지는 것도 신기했다.

추운 날씨에도 불구하고 미니스커트를 입은 아가씨가 버스에 오르자 안재수는 유심히 보았다.

'우아! 예쁘네.'

아직 만으로 20살이 안 된 안재수는 미니스커트만 봐도 마음이 울렁거렸다.

"아이, 뭐야!"

그때 아가씨가 작은 소리로 짜증을 내자, 뒤에 서 있던 중년의 남자가 퉁명스럽게 말했다.

"복잡한 버스에서 그럴 수도 있지."

아가씨는 뭔가 더 말하고 싶었지만 참는 기색이었다. 하지만 아가씨보다 더 짜증이 난 사람은 안재수였다.

'저 아저씨 변태잖아.'

안재수는 아가씨가 탈 때부터 쭉 지켜보았다. 다른 곳에 서 있던 아저씨는 아가씨가 버스를 타자 슬그머니 자리를 옮겨 자신의 거기를 비볐다. 하지만 '내가 봤는데, 아저씨가 변태 짓을 했잖아요.'라고 말할 수 있는 용기가 없었다.

그래서 기분이 더 나빴다. 늘 당하는 자신의 모습이 투영되어 속이 체한 것처럼 역겨웠다.

'제길! 벼락이나 맞아라. 라이트닝!'

안재수는 자신도 모르게 주문을 외웠다.

순간, 아가씨의 엉덩이에 거기를 가져다 대던 변태 아저씨가 전기에 감전된 것처럼 부르르 떨었다.

"헉! 뭐야!"

변태 아저씨는 주위를 둘러보며 고개를 갸우뚱거렸다.

'뭐야? 되는 거야?'

두 번째로 갔던 졸업식 때와 흡사했다. 안재수는 용기를 내어 다시 속으로 외쳤다.

'저 더러운 놈을 향해 라이트닝!'

찌르르르!

변태 아저씨는 또다시 전기에 감전된 것처럼 부르르 떨었다.

"씨XX! 네X이 지금 장난치고 있지! 전기 충격기 어디 있어?"

변태 아저씨가 아가씨를 죽일 듯 쩨려보며 욕을 했다.

"뭐라는 거야! 당신 미쳤지? 누가 누구를 탓하는 거야. 변태 짓은 네가 해 놓고!"

아가씨가 뒤를 돌아보며 고함을 지르자, 버스 승객들이 일제히 변태 아저씨를 쳐다보았다.

"아, 아니, 그게 아니고."

순간 정신을 차린 변태 아저씨가 허둥거리자 안재수는 속으로 쾌재를 불렀다.

'야호! 된다.'

벼락을 내리지는 못해도 짜릿하게 전기를 줄 수 있다는 사실에 안재수는 속으로 크게 외쳤다.

'너 같은 변태는 크게 당해 봐야 돼. 라이트닝x10!'

부르르르!

변태 아저씨는 온몸을 흔들며 부르르 떨다가 갑자기 소

란을 피웠다.

"어떤 새끼야! 어떤 놈이 지랄을 하는 거야!"

게거품을 물고 난리를 피우자 버스 승객들이 기겁했다.

'제압은 안 되는구나.'

라이트닝을 줄기차게 쏜 안재수는 한계치를 알고는 한숨을 내쉬며 눈치만 살폈다.

'야이, 씨XX아! 니가 한 거 다 봤어. 너 같은 놈은 죽어야 돼!'라고 말하며 때려눕히고 싶은 마음이 굴뚝같았지만 자신이 없었다.

"어이, 아저씨! 말이 심하네."

그때 해병대 복장을 한 20대 남자가 뒷자리에서 걸어 나왔다.

"넌 뭐야?"

"나? 해병대다."

"해병대면 다야?"

"그래, 다다. 왜 아가씨에게 욕을 하고, 버스에서 지랄을 하는 거야?"

뒤늦게 사태를 깨달은 변태 아저씨가 주춤거리자, 해병대 복장을 한 20대 남자가 버스 기사에게 말했다.

"기사님, 가까운 경찰서에 세워 주세요."

"네, 알겠습니다."

버스가 지구대 앞에 급정거를 하자, 해병대 복장을 한 20

대 남자가 변태 아저씨의 뒷덜미를 잡고 아가씨에게 말했다.
"이 새끼, 경찰에 넘길까요?"
"네."
"증인이 되어 주시겠습니까?"
"물론이죠."
해병대 복장을 한 20대 남자와 아가씨가 변태 아저씨를 데리고 버스에서 내리자 승객들이 박수를 쳤다.
"역시 해병대야."
"남자는 모름지기 저런 용기가 있어야지."
버스 승객들이 하는 말에 안재수는 지구대로 들어가는 해병대 복장을 한 20대 남자를 보며 중얼거렸다.
"저 자리는 내 자리인데."
너무 아쉬웠지만, 또한 어쩔 수가 없었다.
왜? 힘이 없으니까.
'라이트닝 말고 다른 건 없어?'
안재수는 사람들 몰래 손바닥을 열심히 보았다. 하지만 마법의 주문은 여전히 보이지 않았다.

✦ ✦ ✦

테이블 5개의 작은 식당.

엄마의 가게이자, 두 모자의 유일한 수입원이었다. 적다면 적고, 많다면 많은 월수입으로 두 모자는 끈덕지게 버텨 왔다.

"우리 아들."

엄마가 반겨 주자 안재수는 웃으며 자리에 앉았다.

"육개장~"

"그럴 줄 알고 엄마가 미리 준비해 놨지."

안재수의 식성을 누구보다 잘 알고 있는 엄마였다.

김이 모락모락 나는 따뜻한 육개장을 보며 안재수는 기분 좋게 숟가락을 들었다. 그런데 그 평온한 기분을 깨는 더러운 목소리가 있었다.

"어이, 아줌마."

'어이? 씨XX이 국어를 거꾸로 배웠나?'

안재수가 숟가락을 놓으며 식당 문으로 들어오는 불량한 30대의 남자를 쳐다보았다.

"어서 오세요."

하지만 엄마는 들어오는 손님을 반갑게 맞이했다.

"육개장이 맛있게 보이네. 나도 저거."

남자는 안재수가 먹고 있는 육개장을 보고 주문을 했다.

"네. 감사합니다."

엄마는 싱긋 웃으며 주문을 받은 뒤, 주방으로 들어가서 육개장을 만들었다.

'개XX.'

안재수는 속으로 욕을 하며 육개장을 먹었는데, 손님이 계속 눈에 거슬리는 행동을 했다.

"아이, 씨X! X도 아닌 게 발주를 그렇게 해! 니미! 확 모가지를 따 버릴까 보다."

계속 투덜대고 있을 때, 육개장이 나왔다.

"빛깔이 왜 이래? 조또, 이거 맛없는 거 아냐?"

"손님, 육개장은 원래 이런 빛깔이에요. 드셔 보세요. 맛있습니다."

"맛없으면 돈 안 내도 돼?"

그 남자는 계속 반말지거리였다.

"호호호! 농담도 잘하시네."

"농담 아닌데."

손님이 계속 시비를 걸자 엄마도 기분이 나빠졌는지 예의 친절하던 목소리가 사라졌다.

"드시고 맛없으면 그냥 가셔도 돼요."

엄마의 목소리에 날이 서자 남자는 니글거리는 눈빛을 보였다.

"좋아. 한번 먹어 보지."

엄마는 안재수의 눈치를 살피며 작은 목소리로 달랬다.

"괜찮아. 원래 이 동네가 그래."

안재수는 억지로 웃으며 육개장을 먹었는데 넘어가지가

않았다.

'저 개XX! 밥 한 그릇 처먹으면서 온갖 유세를 다 부리고! 정말 죽이고 싶다.'

자신도 모르게 손이 드래곤 소드가 들어 있는 점퍼 주머니로 향했다.

흠칫.

드래곤 소드를 잡다가 안재수는 깜짝 놀랐다.

'내가 왜 이러지? 이런 사소한 일에 목숨을 걸다니.'

안재수는 호흡을 가다듬고는 육개장을 먹었다.

그런데 결국에는 일어나지 않기를 바랐던 일이 벌어지고야 말았다.

"에이, 이게 뭐야!"

육개장을 먹던 손님이 갑자기 수저를 던지며 벌떡 일어났다.

"왜 그러세요?"

엄마가 뛰어가자 손님이 화를 냈다.

"씨X! 머리카락이 나왔잖아."

손님은 손바닥 위에 머리카락을 올려놓고 욕을 했다.

"지미! 이래서 식당 하는 새끼들은 머리를 박박 밀어야 안심이 돼. 아줌마, 어쩔 거야?"

"손님, 죄송합니다."

엄마가 어쩔 줄 몰라 하는 모습에 안재수는 화가 치밀었다.

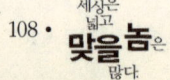

'저 새끼 짓이야.'

육개장 그릇을 봤다. 텅 비어 있었다.

국물까지 다 먹고 난 다음에야 머리카락 운운하며 시비를 거는 것이다. 뉴스에서 많이 보았던 삼류 사기꾼들의 전형적인 케이스였다.

"아저씨, 그 머리카락이 우리 엄마 머리카락이라는 증거가 있어요?"

참다못한 안재수가 벌떡 일어나서 항의하자, 손님은 '이건 뭐야?'라는 눈빛으로 쳐다보았다.

"재수야, 이러지 마. 손님, 죄송합니다."

엄마가 사과를 하며 말리자 손님은 기세가 등등해져서는 욕설을 퍼부었다.

"이것들이 모자간에 쌍으로 지랄을 하는구나. 식당 음식에서 나온 머리카락이 주인 머리카락이 아니면 누구 거야?"

안재수는 손님 손바닥 위의 머리카락을 가리키며 말했다.

"우리 엄마는 짙은 갈색으로 염색을 하고, 아줌마 파마를 하고 있어요."

안재수는 화가 난 상태이지만 이상하게 차분해졌다.

"그런데 그 머리카락은 검은색에다가 꼬불꼬불하지도 않고 직모예요. 마치 아저씨 머리카락처럼."

기세가 등등하던 손님이 움찔했다. 일방적으로 사과를 하던 엄마도 손바닥 위의 머리카락을 자세히 보더니 표정이 차가워졌다.

"그, 그건……."

삼류 사기꾼 손님은 당황한 얼굴이 되더니, 갑자기 머리카락을 입에 털어 넣으려 했다.

"어어어!"

그에 엄마는 당황했지만, 인터넷으로 이런 사건들을 많이 접했던 안재수는 짐작하고 있었다. 그는 속으로 라이트닝을 외쳤다.

찌르르르!

"어헉!"

깜짝 놀란 손님이 멈칫거리자, 안재수가 잽싸게 손바닥을 내리치며 육개장 국물에 젖어 있는 머리카락을 잡아챘다.

"이 새끼가!"

여자처럼 호리호리한 체격의 안재수를 우습게 본 손님이 달려들었지만, 재차 터지는 라이트닝에 오줌을 지렸다.

"엄마, 112에 신고해. 어서!"

"알았어."

열을 받을 대로 받은 엄마가 전화기 버튼을 급하게 누르자 오줌을 지리던 손님은 도망치려 했지만, 연속되는 라이트닝에 옴짝달싹하지 못했다.

"여보세요? 경찰이죠. 범죄 신고를 하려고 하는데요. 여기가 어디냐 하면요…….."

그때 삼류 사기꾼 손님이 갑자기 무릎을 꿇더니 손바닥을 싹싹 비비며 울먹였다.

"제발, 한 번만 봐주세요. 배가 너무 고파서 그랬습니다."

하지만 엄마의 목소리는 싸늘했다.

"배고파서 그랬다는 건 이해할 수 있어도, 왜 처음부터 욕을 하고 그래요."

"죄송합니다. 그래야 식당 주인들이 군말 없이 보내 줘서 그랬습니다."

"그냥 넘어갔으면 돈도 요구했을 거 아닙니까?"

안재수가 폐부를 찌르는 말을 하자 손님은 죽을죄를 지었다며 머리를 바닥에 박았다.

"다시는 그러지 않겠습니다. 제발 경찰에 신고만은 하지 말아 주세요. 부탁입니다."

"우선 육개장값 6,000원부터 내세요."

안재수가 차분하게 따지고 들자 엄마는 놀랍다는 눈빛으로 쳐다보았다.

"제가 돈이 이것밖에…….."

삼류 사기꾼 손님이 주머니를 털어서 내놓은 돈은 천 원짜리 2장이었다.

"엄마, 이런 사람은 잡아넣어야…….."

안재수가 당장 경찰에 넘기자고 했지만, 엄마는 전화를

끊고 천 원짜리 2장에 만 원짜리 1장을 얹어서 주었다.
"저녁은 돈 내고 드세요."
"고, 고맙습니다."
사기꾼이 돈을 챙기고는 서둘러 나가자 엄마가 큰 소리로 말했다.
"다음부터 배고프면 그냥 밥 달라고 하세요. 내가 먹는 밥에 숟가락 하나만 더 놓으면 돼요."
안재수는 허탈해하며 말했다.
"112에 전화한 것도 뻥이지?"
엄마는 대답하지 않고 미소만 지었다.
"우리 아들 좋아하는 육개장이 다 식어 버렸네. 다시 해 줄까?"
"됐어. 입맛 다 버렸어."
"다른 거 해 줄까?"
안재수가 손을 내밀었다.
"맥도날드에서 햄버거 사 먹을래."
"패스트푸드는 건강에 안 좋다니까."
"내 나이대의 아이들은 다 좋아해. 주기 싫으면 말고."
엄마가 만 원짜리 한 장을 주자 안재수가 인상을 찌푸렸다.
"사기꾼이랑 나랑 동급이야?"
"사기꾼은 나랑 같이 살지 않잖아."

할 말이 없어진 안재수는 만 원을 주머니에 넣었다.

어차피 집으로 바로 가서 켈트족 전사들의 이야기를 읽어야 했다.

"아들, 엄마가 삼겹살 사서 갈게. 밥은 해 놔."

"알았어."

안재수는 맥도날드에 들르지 않고 노점상에서 햄버거를 사서는 우걱우걱 씹었다.

"맥이나 노점상이나 햄버거 맛은 거기서 거기야."

손바닥에 나타나는 켈트족 전사들의 이야기를 읽으며 안재수는 온몸을 뒤척였다. 어깨가 아프다가 허리가 아프고, 어떤 때는 복부에서 통증이 밀려오기도 했다. 시시각각 신체에 변화가 생기고 있었다.

"자세가 안 좋은가? 그런데 주먹이 아픈 이유는 또 뭐야?"

이번에는 두 주먹이 근질거리고 아파서 침대 모서리를 살살 때리다가 벽에다 대고 문지르기까지 했다.

"현대인이 온갖 성인병에 시달린다는 기사를 보기는 했는데, 20살 내게도 해당이 되는 말인가? 아니지. 소아 당뇨나 20대 디스크 환자가 기하급수적으로 늘고 있다는 뉴스도 봤잖아."

켈트족의 세계로

아직 한창때라고 건강에 신경을 쓰지 않으면 안 될 것 같다는 생각이 들었다.

"충청도에 내려가면 나도 자취를 해야 하는데, 미리 운동 좀 해야겠어."

너무 집 안에만 틀어박혀 있었다고 자책하며 안재수는 점퍼를 입고 밖으로 나왔다.

"오늘 서울의 기온이 영하 10도 아래라고 하던데, 그냥 다시 들어갈까?"

아파트 단지에 있는 사람들은 모두 웅크리고 있었고, 얼음이 꽝꽝 얼어 있는 모습에 미리 겁을 먹었다.

"에이, 그래도 나온 김에 동네라도 한 바퀴 돌자."

파워 워킹으로 동네 한 바퀴를 도는데, 10분도 지나지 않아 온몸이 땀으로 젖었다.

"뭐야? 운동 강도가 너무 센가?"

목이 말라 시원한 음료수가 마시고 싶어서 아파트 밖의 단골 편의점에 들러 콜라를 샀다.

"학생, 요즘 운동하나 봐. 체격이 훨씬 좋아졌어."

"네? 저 운동 안 하는데요."

"에이, 거짓말하지 마. 며칠 전보다 몸이 엄청 좋아졌는데. 역시 젊음이 좋아. 운동을 하면 금방 표가 나잖아. 우리 나이가 되면 아무리 운동을 열심히 해도 표시가 제대로 나지가 않아. 하하하!"

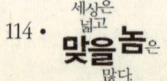

50대 편의점 주인아저씨의 부러워하는 눈길을 뒤로하고 밖으로 나온 안재수는 고개를 갸우뚱거렸다.

"운동? 몸이 좋아?"

안재수는 천천히 콜라를 마시며 본격적으로 동네를 한 바퀴 돌았다.

"아, 여기는 이사를 정말 많이 갔네. 처음 이사 왔을 때만 해도 사람들로 북적였는데. 그때가 좋았어."

재개발 소문으로 서울의 돈 많은 부자들이 차근차근 집을 사들여서 동네가 휑해지고 있다는 이야기를 엄마에게 들었다.

"재개발이 되면 우리 아파트 값도 껑충 뛴다는데 진짜 그럴까? 하지만 나는 원래의 우리 동네가 훨씬 좋은데."

이곳의 아파트 값이 올라도 다른 지역의 아파트 값도 오르기 때문에, 결국에는 도긴개긴이라는 엄마의 말이 생각났다.

찬바람이 불었지만 안재수는 추위를 느끼지 못하고 오히려 점퍼 지퍼를 열어 바람을 맞았다.

"아, 시원하다."

콜라를 다 마신 안재수는 휴지통을 발견하고는 그 자리에 서서 농구 선수처럼 폼을 잡았다.

"자, 안재수 선수! 공을 잡고 링을 향해 슛을 날립니다. 슛!"

콜라 캔이 보기 좋게 휴지통 안으로 들어갔다.
"클린 샷."
미소를 짓던 안재수는 순간 기시감이 들었다.
'어디서 많이 보던 장면인데.'
아니나 다를까. 뒤에서 웃음소리가 들렸다.
"어이, 안재수. 혼자서 잘 노네."
불량한 티가 팍팍 나는 3명이 담배를 문 채 다가왔다.
'저놈들이 왜 여기에 있는 거야.'
하지만 그때와는 달리 안재수는 겁에 질리지 않고 신기하다는 생각이 들었다.
'정말 시간을 거슬러 온 게 맞구나.'
여전히 긴가민가했는데, 놈들을 보면서 확실히 알게 되었다. 시간을 거슬러 왔다는 것을.
"재수야, 여기서 보니까 더 반갑다. 너도 그렇지? 킥킥킥!"
세 놈이 담배 연기를 뿜으며 다가왔다.
툭툭.
한 놈이 안재수의 머리를 건드렸다.
"어이, 안재수. 재롱 한번 떨어 봐라. 너 개인기 있잖아."
"그래, 간만에 한번 보자."
두 놈이 다가와서는 담배 연기를 내뿜었지만 안재수는 고개를 돌려 연기를 피했다.

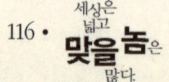

"어쭈? 피해?"

"크크크! 이제 졸업을 했다고 간이 부었네."

"야, 얼른 개인기 한번 해 봐. 잘하면 우리가 그냥 갈 수도 있어."

그때와 똑같았다.

"하나도 안 변했구나. 신기해."

안재수가 중얼거리는 말에 놈들이 인상을 찌푸렸다.

"뭐라는 거야?"

"새끼, 논다고 많이도 처먹은 모양이네."

"그래, 점퍼가 터지려고 한다. 인마, 그만 처먹고 그 돈으로 우리들 용돈에 보태."

"싫은데."

안재수가 무심하게 내뱉은 말에 놈들은 어이가 없다며 웃었다.

"새끼가 그동안 겁을 상실했구나."

"역시 조선 놈은 사흘에 한 번씩 맞아야 정신을 차려."

"어이, 안재수. 오늘 좀 맞자."

안재수가 겁을 상실한 것은 아니었다. 여전히 심장은 쿵쾅거리고, 숨소리는 거칠어졌다. 하지만 믿는 구석이 있었다.

'라이트닝이 나를 구해 줄 거야.'

하지만 걱정도 되었다. 지금까지 라이트닝을 1명에게만

구사했지, 3명까지 해 본 적이 없었다.
'만약에 안 된다면… 몰라. 이판사판이다.'
달라졌다. 예전 같으면 이런 생각도 못하고, 모험 자체도 하지 못했다. 그러나 지금은 떨면서도 승부를 걸고 있었다.
"야, 재수 없다, 안재수. 어디서 감히 우리에게 대들어!"
한 놈이 먼저 다가와서 멱살을 잡으려고 했지만, 안재수는 라이트닝을 죽어라 외쳤다. 속으로.
찌릿.
"허억!"
멱살을 잡으려던 놈이 부르르 떨었다.
"이 새끼가!"
친구가 감전된 줄도 모르고 다른 두 놈이 동시에 달려들자 안재수는 당황해서 고함을 질렀다.
"라이트닝!"
찌르르!
한 놈이 미친놈처럼 떠는 사이, 남은 한 놈이 안재수의 멱살을 잡아챘다.
"이 새끼, 넌 죽었어."
멱살을 잡힌 안재수가 자신도 모르게 놈의 팔을 쳤다.
"놔."
쿠당탕탕!
멱살을 잡았던 놈이 떨어져 나가 바닥을 뒹굴었다.

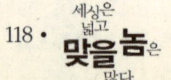

"어? 설마 내가?"

당황한 것은 안재수였다.

"이 새끼!"

바닥을 뒹굴었던 놈이 벌떡 일어나더니, 당황한 눈으로 주변을 둘러보다가 화를 버럭 냈다.

"이 새끼가!"

설마 안재수의 힘을 못 이겨 나가떨어졌다고는 생각지도 못한 것이다.

"넌 오늘 뒤졌어."

달려가면서 몸을 띄워 옆차기를 시도하자 안재수는 눈을 질끈 감았다.

'죽었다.'

본능적으로 옆차기를 막기 위해 있는 힘을 다해 팔을 들어 올렸다.

쿵!

안재수의 팔에 다리가 걸린 놈은 바닥에 머리를 박은 채 게거품을 물었다.

예전의 안재수라면 힘이 없어 옆차기를 막았더라도 얻어터졌을 테지만 지금은 전세가 역전되었다.

"꺼르르르!"

게거품을 물고 있는 친구를 본 두 놈은 전기에서 해방되자 열이 받았다.

"이 새끼! 그동안 운동 좀 한 모양인데."

"그래 봤자 넌 영원한 쫄따야. 오늘 그냥 넘어가지 않아!"

전기에 감전된 것을 우연이라고 생각한 두 놈은 살기를 풍기며 안재수를 공격했다.

'어떻게 된 건지 몰라도 나도 그냥은 안 당해. 라이트닝!'

안재수는 한 놈에게 라이트닝을 내리면서, 다른 한 놈에게는 두 팔을 휘저으며 온몸을 내던졌다.

찌르르!

감전된 놈은 그 자리에서 부르르 떨며 침을 질질 흘렸고, 다른 놈은 안재수와 부딪쳤다.

퍽!

안재수가 마구잡이로 휘두른 주먹에 맞은 놈은 자동차에 받힌 사람처럼 멀리 나가떨어졌다.

쿵쿵쿵!

세 번을 구르고 난 다음에야 담벼락에 부딪쳐 멈추었다.

"너, 너 뭐야!"

그나마 전기에 감전된 놈은 정신이라도 있었다.

"씨X! 마법이라도 부리는 거야?"

마법이라는 말에 안재수도 정신이 번쩍 들었다.

'그래, 이게 마법이야. 내가 마법사가 된 거야.'

그렇지 않고서는 안재수로서도 설명할 수가 없는 상황이 벌어진 것이다.

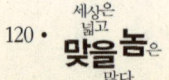

"왜, 무서워? 내가?"

안재수가 다가가자 마지막 남은 놈은 뒷걸음질을 쳤다.

"오지 마."

"왜? 너희들은 3년 내내 봐달라고 애걸하던 내 부탁을 안 들어줬잖아."

눈이 시뻘개지면서 눈물이 주르륵 흘렀다. 그동안의 설움이 북받쳤던 것이다.

"너희들이 뭔데! 나를 병신 취급하고 때린 거야!"

"씨X! 그건 네가 병신이니까!"

놈은 여전히 상황 파악을 못하고 고함을 질렀다.

"그리고 내가 한 게 아니야. 최경도 패거리들이 그랬잖아. 씨X!"

"최경도 패거리들보다 너희들이 더 나빠."

안재수가 눈물을 흘리며 다가오자 놈은 속으로 외쳤다.

'저 새끼는 여전히 쫄따야! 지금은 우연히 이렇게 된 거야! 내가 어떻게 쫄따에게 굽실거려!'

놈은 눈물을 흘리는 안재수를 보자 용기가 생겼다.

"이 새끼가 어디서 까불어!"

놈이 돌을 들고 안재수를 내리쩍었다.

"뒈져! 개XX야!"

"라이트닝!"

안재수는 있는 힘을 다해 외쳤다.

"아아악!"

분노한 안재수의 라이트닝은 그 전과는 강도가 완전히 달랐다.

찌지지직!

감전된 음향이 귀에 들릴 정도였다.

"넌 맞아야 돼."

연탄불에 올려놓은 오징어처럼 몸을 비트는 놈에게 안재수는 회심의 일격을 가했다.

퍽!

주먹을 얻어맞은 놈이 나가떨어졌지만 안재수의 분노는 사라지지 않았다.

"씨X! 다 덤벼."

벌레처럼 꿈틀거리고 있는 세 놈을 마구 차며 고함을 질렀다.

"사, 살려 줘."

놈들은 전의를 상실한 채 겁에 질려 사정했다.

"살려 달라고? 내가 네놈들에게 얻어터지며 제발 그만 때리라고 했을 때 뭐라고 했어? 말해 봐."

묵묵부답일 수밖에 없었다. 이것보다 더 모질고 잔인하게 짓밟았으니.

"자, 잘못했다."

"용서해 줘."

눈물 자국이 선명한 안재수의 얼굴이 일그러졌다.
"그 말은 예전에 내가 수십 번도 더 했었지. 하지만 너희들은 웃으며 말했다. 병신, 지랄하고 있네."
안재수의 눈빛이 서늘해졌다.
"너희 친구 새끼들에게 전해라. 쫄따, 안재수에게 맞아서 죽을 뻔했다고."
안재수가 주먹을 쥐고 다가가자, 놈들은 하얗게 질린 채 몸을 새우처럼 말았다.
"제발……."
안재수는 멈추지 않았다.
"내가 맞은 것만큼만 맞아라."

제5장

고마운 인연

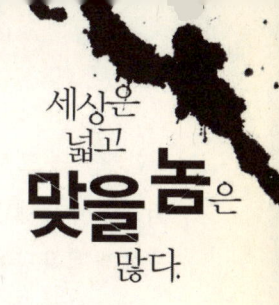

세상은 넓고 **맞을 놈**은 많다.

"내 몸이 언제 이렇게 된 거야?"

안재수는 동네 목욕탕에서 벌거벗은 채 전신 거울을 보았다. 불과 며칠 전만 하더라도 여자처럼 호리호리하다고 목욕탕 단골 아저씨들이 놀리고는 했다. 그런데 근육이 울퉁불퉁하지는 않았지만 온몸에 잔 근육이 붙어 있었다.

"오, 재수! 요즘 운동 좀 했나 보네."

목욕탕 단골 아저씨 중 한 명이 지나가면서 감탄을 했다.

"그래. 모름지기 남자라면 근육이 좀 나와야지. 운동을 하니까 거기도 튼실해졌잖아. 하하하!"

"안녕하세요."

안재수는 얼굴이 붉어진 채 인사를 했다.

안재수는 그 나이대에 어울리지 않게 목욕 마니아였다. 학교에서 당했던 설움을 목욕탕에서 땀을 빼며 풀었다. 재수에겐 목욕탕이 유일한 피난처였던 셈이다.

"재수야, 대학교를 충청도로 간다고 했지?"

"네."

"어이구! 우리 목욕탕 동지를 앞으로는 못 보겠네."

"방학 때는 올 거예요."

"그래. 어머니가 고생하시는데 열심히 공부해라."

"우리 재수가 효자예요. 어머니가 고생하신다고 장학금 때문에 충청도로 간다잖아."

"참 효자야. 공부 열심히 해서 대기업에 취직해. 요즘 취업이 장난이 아니더라."

"네, 알겠습니다."

작고 낡은 목욕탕이었지만 여기만 오면 항상 마음이 평안해졌다.

'아, 여기가 제일 편해. 나중에 돈 벌면 집에도 이런 목욕탕을 하나 만들어야지.'

동네 아저씨들이 한꺼번에 탕을 나가자, 안재수는 본격적으로 몸을 살피며 미소를 지었다.

"어깨도 많이 벌어졌고, 다리에도 근육이 붙었어. 특히 이 알통은… 오! 죽이는데."

팔에 힘을 주자 이두박근이 불쑥 튀어나왔다.

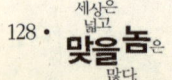

"오!"

기분이 정말 좋았다. 운동을 한 적도 없고, 앞으로도 할 계획이 없었는데 이런 근육들이 튀어나오자 로또를 맞은 기분이었다.

"왜 그런지 몰라도 기분은 좋네. 켈트족 전사 이야기에 나오는 파켈로스가 이런 몸이었을까? 풋! 헛된 망상이지. 영화 300을 봐도 고대의 전사들은 그야말로 완전 근육질인데. 나는 아직 멀었어."

켈트족 전사 이야기에서 안재수가 가장 마음에 드는 인물이 파켈로스였다.

'켈트족 최고의 마법사였지만 극강의 전사로 변신했다는 대목이 마음에 들어.'

극강의 전사이자 켈트족 전사들의 두뇌 역할을 하는 파켈로스는 알수록 매력적인 인물이었다. 마법서도 파켈로스가 집필한 것이었다.

"전신이 근육질인 전사들 속에서 처음에는 계집애라는 말을 들을 정도로 체격은 왜소했다지. 하지만 나중에는 켈트족 최강의 전사로 손색이 없을 정도의 몸을 만들었고. 게다가 켈트족의 전술은 모두 그의 머릿속에서 나왔어."

안재수는 탕에 들어가 파켈로스를 상상했다.

"파켈로스는 온몸이 무기라고 할 정도로 싸움에 능했고, 특히 도끼가 주 무기라서 마음에 들어. 도끼를 자유자재로 휘두르고, 표창처럼 날리는 그 모습이란. 아, 반지의 제왕에 나오는 레골라스, 올랜도 블룸이 딱 파켈로스의 모습일 거야."

탕에서 땀을 쫙 뺀 안재수는 냉탕에 들어가서 아저씨들처럼 폭포수를 등에 맞았다.

"아, 좋다."

누가 보면 5, 60대의 아저씨라고 생각할 정도로 안재수는 느긋했다.

"왜 마지막에 라이트닝의 위력이 세졌을까? 내 감정에 따라 라이트닝의 위력이 조절되는 건가?"

궁금했지만 시험해 볼 대상이 없었다. 지나가는 사람을 잡고 라이트닝을 시험할 정도로 안재수가 자각 능력이 없는 것은 아니었다.

"아, 궁금하다. 미칠 정도로."

이제 막 20살이 된 안재수로서는 이러지도, 저러지도 못해 몸살이 날 지경이었다.

"아, 조또!"

그때 온몸에 문신을 한 남자가 욕을 하며 들어왔다.

'저놈.'

안재수로서는 원한이 있던 대상이었다.

'샤워하는데 물 튀겼다고 욕을 하며 때리려고 했던 그 새끼잖아.'

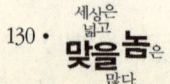

동네 아저씨들이 말리지 않았으면 알몸으로 맞을 뻔했던 기억이 너무나 또렷했다.

"씨XX이 돈 좀 빌려달라고 했더니 쌩을 까? 다음에 만나면 죽었어!"

사람들의 시선은 아랑곳하지 않고 욕을 입에 단 채 샤워를 하는 문신 남을 보며 안재수는 회심의 미소를 지었다.

'너도 한 번 당해 봐라.'

양심에 문제가 되지 않고 라이트닝을 시험할 수 있는 최적의 실험체였다.

"아, 좋다. 이래서 내가 매일 목욕을 하는 거라니까. 크크크! 공짜니까 더 좋고."

목욕탕 주인아저씨가 동네 단골 아저씨들에게 하소연하는 것을 많이 들었다.

'양아치 새끼가 공짜로 목욕하는 건 참을 수가 있는데, 비누하고 때수건을 매번 새 걸로 달라고 하는 건 진짜 짜증 나.'

안재수는 탕에 들어가서 콧노래를 부르고 있는 문신 남을 향해 라이트닝을 가볍게 쏘았다.

찌르르르!

"헉! 뭐야! 탕에 전기가 들어온 거야?"

고마운 인연 • 131

문신 남은 얼굴을 찌푸리다가 괜찮아지자 다시 드러누웠다.

"에이, 씨X! 이래서 시설이 좋은 데로 가야 돼."

공짜로 목욕을 하는 주제에 남 탓을 하는 문신 남을 쩨려보며 안재수는 이를 악물었다.

'라이트닝.'

좀 더 강하게 주문을 외우자 문신 남이 탕에서 요동을 치더니 벌떡 일어났다.

"에이 씨! 뭐야!"

그러고는 고함을 질렀다.

"어이, 주인! 여기 와 봐."

주인아저씨가 달려오자 문신 남이 욕을 했다.

"씨X! 물에 전기가 오잖아."

"전기라고요? 그럴 리가 없는데."

"무슨 말이야? 들어와 봐."

주인아저씨가 망설이는 찰나, 안재수가 탕에 들어갔다.

"아, 좋다."

안재수는 기분 좋게 웃었다.

"봐요. 다른 손님들은 괜찮다고 하는데."

문신 남이 고개를 젓는 모습을 보며 안재수는 목소리를 높였다.

"사장님, 아무 이상이 없어요."

"그렇지?"

주인아저씨가 돌아가자 문신 남은 안재수를 보다가 다시 탕에 들어왔다.

"음… 괜찮네. 내가 이상한가."

'그래, 네가 이상한 거야. 지금부터는 더 이상할 거고.'

문신 남이 안재수를 향해 말했다.

"너, 많이 본 것 같다."

'씨X아! 많이 봤지. 맞을 뻔도 했는데.'

안재수는 웃으며 라이트닝을 외쳤다.

찌리리리릭!

"으악!"

문신 남은 감전이 되어 난리를 피우다가 겨우 탕 밖으로 기어 나왔다.

"왜 그래요?"

안재수는 탕에서 느긋한 얼굴로 물었다.

"너, 너 괜찮아?"

"뜨거워서 좋은데요."

"미친……."

문신 남은 이해가 되지 않는다는 표정으로 안재수를 쳐다보았다.

"어제 술을 너무 많이 마셨나?"

문신 남은 사람들의 시선을 의식하고는 다시 탕에 들어오지 않고 샤워기를 틀었다.

"샤워나 하고 가야겠다."

물을 맞으며 씻기 시작하는 문신 남에게 안재수는 가장 강력한 파워의 라이트닝을 외쳤다.

'저 새끼는 졸라 당해야 돼! 라이트닝!'

안재수의 원한이 실린 주문과 동시에 샤워기에 파란 번개가 일렁거렸다.

찌릿!

문신 남은 비명조차 지르지 못하고 부르르 떨더니, 그대로 목욕탕 바닥에 머리를 박고 고꾸라졌다.

쾅!

"전… 기."

"어? 저 사람 죽는 거 아냐?"

목욕탕에 있는 사람들이 난리를 피웠지만, 누구 하나 문신 남을 부축하지 않았다.

뒤늦게 주인아저씨가 달려와 119에 전화하는 것을 본 후, 안재수는 유유히 목욕탕을 빠져나왔다.

"조사해 보면 다 나오지. 목욕탕에 전기가 흐르지 않았다는 걸. 흐흐흐! 문신 하나로 얼마나 사람들을 괴롭혔으면 쓰러졌는데도 아무도 안 도와줄까."

10년 묵은 체증이 싹 내려갔다.

✦ ✦ ✦

"헉!"

안재수는 너무나 또렷한 꿈에 침대에서 일어나 숨을 헐떡였다.

"내가 켈트족도 아닌데, 왜 매일 꿈을 꾸는 거야."

처음에는 영화를 너무 많이 봐서 꿈에 나타나는 줄 알았다. 하지만 아니었다. 오늘도 꿈에 켈트족이 나와 다른 종족들과 피 터지게 싸웠다.

"이러다가 내가 칼에 맞아 죽겠다."

오늘의 꿈은 특히 심했다.

켈트족 전사들이 다른 종족들과 치열하게 싸우다가 패퇴를 하며 억울해하는 내용이었다.

"그래도 그 전에는 켈트족이 이기는 꿈이었는데, 오늘은 처음으로 전투에서 졌어."

그 기분이 그대로 안재수에게 전달되었다.

"아, 꿀꿀해."

안재수는 주방으로 가서 물을 마시기 위해 머그잔을 잡았다.

쨍그랑!

그런데 머그잔이 손바닥에서 깨져 버렸다.

"헉! 뭐야."

아무 생각 없이 잡았는데 머그잔이 박살 난 것이다. 그런데 손바닥은 아무런 이상이 없었다.

"내 힘이 세진 거야? 그래도 이건 아닌데."

다시 조심해서 다른 머그잔을 잡았는데, 이번에는 아무 이상도 없었다.

"휴! 그러면 그렇지. 내가 힘을 줬다고 머그잔이 깨질 리가 없잖아."

안재수는 설마하며 머그잔에 힘을 줬는데, 순간 박살이 났다.

쨍!

멍해졌다.

"믿어야 돼?"

그때 엄마가 눈을 비비며 주방으로 들어왔다.

"아들, 불만 있어? 왜 머그잔을 깨?"

"엄마, 그게 아니고……."

"불만 있으면 말을 해. 잔 깨지 말고."

고등학교 3년 동안 그렇게 맞으면서도 한 번도 엄마에게 사정을 말하지 않았다. 고생하는 엄마에게 걱정을 끼쳐 드리기 싫었기 때문이다.

지금도 마찬가지였다. 괜한 오해를 사기 싫어서 안재수는 웃었다.

"우리 머그잔이 수명을 다했나 봐. 저절로 깨지네. 엄마,

머그잔 새로 사자."

엄마는 웃으며 가스레인지에 국을 올려놓고 불을 켰다.

"그래. 내가 생각해도 너무 오래 사용했어. 사람처럼 애들도 수명이 있는데. 아들, 간만에 마트에 같이 갈까?"

대학교에 입학할 날이 점점 다가오고 있었다. 안재수는 그동안 엄마에게 충성을 다하고 싶었다.

"콜! 대신에 푸드 코트에서 돈가스 사 줘."

"함박도 사 줄 수 있어. 아들이 장학금을 받아서 엄마가 돈에 여유가 있거든."

세상에 단둘뿐인 모자는 서로를 배려했다.

✦ ✦ ✦

안재수는 가게를 마치고 나오는 엄마를 기다렸다가 마트에 같이 갔다.

"불경기라고 해도 둘 마트는 여전하네. 이 시간에도 사람들이 넘쳐나잖아."

오랜만에 대형 마트에 온 모자는 즐거웠다.

"둘 마트가 규모가 크고, 물건 종류도 많아서 오는 거지."

"그래도 마트가 여기저기 너무 많이 생기고, 돈도 많이 벌어서 반감이 생겨. 우리 동네 슈퍼들도 둘 마트나 우리 집 마트 때문에 힘들어하잖아."

고마운 인연 • 137

"아들, 나도 힘들어. 근처에 대형 식당들이 생기는 바람에. 하지만 어떻게 해. 버텨야지."

"엄마, 미안해. 내가 힘이 되어야 하는데."

엄마가 팔짱을 끼며 웃었다.

"괜찮아. 이렇게 잘 커 준 것으로 만족해."

안재수와 엄마는 다정한 연인처럼 팔짱을 끼고 쇼핑을 했다.

"엄마, 너무 많이 사는 거 아냐?"

어느새 카트는 물건들로 가득 차 있었다.

"얘는, 한 달에 한 번 올까 말까 하는데 싼 물건이 있으면 사 둬야지. 너는 쇼핑의 기본을 몰라."

쇼핑의 기본이 아니라 충동구매라고 말하고 싶었지만 웃으며 넘어갔다.

"자기, 우리 커플 티셔츠 살까?"

"와! 이 인형 귀엽다. 그치?"

안재수는 진짜 커플들이 즐겁게 쇼핑하는 모습을 부러운 시선으로 쳐다보았다.

'나도 여자 친구 사귀고 싶다.'

20살의 남자라면 누구나 가지고 있는 소박한(?) 소망이었다.

"어마마마, 얼른 계산하시고 푸드 코트로 가시죠. 소자, 무척이나 배가 고픕니다."

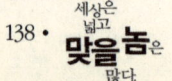

안재수는 커플들에게서 눈을 떼고 장난스럽게 말했다.
"그러세, 세자. 푸드 코트에서 제일 비싼 걸로 주문하시게. 오늘은 이 어미가 쏘겠네."
"망극하옵나이다."
 두 모자는 서로를 바라보며 웃었다. 사랑이 느껴지는 흐뭇한 광경이었다.
"죄송합니다. 비켜 주세요."
 그때 마트 직원이 500밀리리터 생수가 가득 실린 짐 카트를 급하게 끌고 오고 있었다.
"저러다 사고 나겠다."
"무리하는 거 아냐?"
 2미터가 넘게 생수 박스를 가득 싣고 손님들 사이를 지나가고 있었다.
"재수야, 비켜 줘. 다치겠다."
 엄마와 함께 옆으로 비켜서는데, 코너를 돌던 짐 카트가 갑자기 기우뚱했다.
"어어어?"
 그에 사람들이 깜짝 놀라고, 짐 카트에 실려 있던 생수 박스들이 균형을 잃고 한쪽으로 쏠렸다.
"피해!"
 누군가 고함을 질렀고, 주변 사람들은 화들짝 놀라며 피했다.

"어? 저 아가씨!"

앳된 외모의 아가씨가 귀에 이어폰을 꽂은 채 진열대의 물건들을 보고 있었다. 이어폰 때문에 고함 소리를 듣지 못한 것 같아서 안재수는 급히 뛰어갔다.

"피해요!"

어디서 그런 용기가 생겼는지 몰라도 안재수는 아가씨의 손목을 잡아챘다.

"뭐예요!"

놀란 아가씨가 고개를 돌리는 순간, 제발 일어나지 않기를 바랐던 사고가 터지고야 말았다.

우당탕탕!

생수 박스가 눈사태처럼 쏟아졌고, 눈 깜짝할 새 거짓말처럼 생수 박스들이 두 사람을 묻어 버렸다.

"재수야!"

심장이 터질 것처럼 놀란 엄마가 비명을 질렀고, 사람들의 비명 소리가 마트를 울렸다.

"아악!"

"사람이 깔렸어!"

"누가 좀 도와줘요!"

엄마가 달려가서 무거운 생수 박스를 들어내며 고함을 질렀다. 그러자 남자들이 우르르 달려들며 생수 박스를 치웠다.

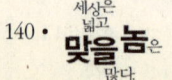

"재수야!"

하얗게 질린 엄마가 생수 박스를 치우고 있을 때, 생수 박스 아래에서 목소리가 새어 나왔다.

"엄마, 나 살아 있어. 근데 진짜 아프네."

안재수의 목소리를 들은 남자들이 생수 박스를 급하게 치우자, 아래에 깔려 있던 안재수가 힘겹게 일어났다.

"저는 괜찮아요."

안재수는 품에 아가씨를 안고 있었다. 덕분에 아가씨는 아무런 상처도 없었다. 하지만 얼마나 놀랐는지 경직된 채 아랫입술을 달달 떨었다.

"괜찮아요?"

안재수는 팔에 걸리는 생수 박스들을 밀어내며 밖으로 나왔다.

"괘, 괜찮… 아요."

겨우 힘겹게 입술을 떼었지만 안재수의 품에 안긴 채 참새처럼 떨고 있었다.

"엄마 간 떨어지는 줄 알았어."

짝!

엄마가 등짝을 후려치자 안재수가 겸연쩍게 웃었다.

"미안, 엄마. 이분이 다칠까 봐 어쩔 수가 없었어."

"아이고! 다행이야."

"학생 아니었으면 큰일 날 뻔했어, 아가씨."

"어려 보이는데 학생이 대단하네. 무너지는 생수 박스를 맨몸으로 막다니."

사람들이 안도의 한숨을 내쉬며 한마디씩 하자, 그제야 아가씨는 정신을 차렸다.

"죄송해요. 저 때문에."

"아닙니다."

안재수가 미안해하지 말라며 웃어 주자 아가씨는 얼굴이 빨개졌다.

"죄송한데, 그만 안겨 있어도 되는데……."

"아차! 죄송합니다."

안재수는 아가씨를 안고 있던 팔을 풀며 뒤로 떨어졌다.

"아……."

그러던 그가 신음을 흘리자 깜짝 놀란 엄마가 어디 다친 거 아니냐며 몸을 만졌다.

"병원에 가야 되는 거 아니야?"

"그게……."

안재수는 사람들의 시선을 의식하며 웃었다. 박스 모서리에 엉덩이 아래가 찍혀 부위를 말할 수가 없었다.

"죄송합니다."

그때 무전기를 들고 있는 보안 요원들과 담당자가 급히 달려왔다.

"다치신 곳은 없습니까?"

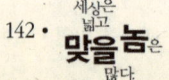

담당자도 놀란 기색이 역력했다.

"우리 애가 다친 모양이에요."

엄마의 말에 담당자가 깍듯이 인사를 하며 연신 죄송하다고 말했다.

"도대체 일을 어떻게 하는 거예요?"

"학생이 튼튼해서 다행이지, 잘못했으면 크게 다칠 뻔했잖아요."

"마트에서 고객의 안전을 이렇게 무시해도 되는 겁니까?"

주위를 둘러싸고 있던 사람들이 일제히 항의를 하자, 보안 요원들이 사죄를 하느라 쩔쩔맸다.

만약에 사고 소식이 언론이라도 타면 둘 마트 지점은 본사로부터 엄청난 질책을 당해야 했다.

"자네는 도대체 일을 어떻게 하는 건가! 마트 안에서 안전사고가 일어나는 건 있을 수가 없는 일이야!"

담당자가 호된 질책을 하자 얼어붙은 채 서 있던 마트 직원은 사시나무 떨듯 했다.

이번 사고로 가장 충격을 받은 사람은 안재수도, 아가씨도 아닌 마트 직원이었다. 20대 초반으로 보이는 직원은 변명도 하지 못했다. 엄청난 사고를 감당하지 못하고 있는 것이다.

'나보다 겨우 두어 살 많아 보이는데. 안됐다.'

안재수가 아가씨에게 슬쩍 다가갔다.

고마운 인연 • 143

"직원이 곤란하게 되었는데 우리가 도와주면 안 될까요?"
"네? 그게 무슨……."
"시급 5천 원 받는 알바가 손해배상이라도 당하게 되면 곤란하잖아요. 다친 곳도 없는데 직원을 도와주죠."
"아하!"
안재수의 배려를 알게 된 아가씨가 가볍게 웃었다.
"그러죠."
안재수는 아가씨가 허락을 하자 담당자에게 말했다.
"저기요, 저는 다행히 크게 다친 곳이 없습니다."
엉덩이가 따끔거리고, 등이 아팠지만 안재수는 환하게 웃어 주었다.
"저도 괜찮아요. 이분이 보호해 주셔서 전혀 다친 데가 없어요. 그러니까 직원분을 너무 닦달하지 마세요."
완전히 진정이 된 아가씨는 차분하게 말했다.
"너무 많은 짐을 싣고 급하게 운반을 하게 만든 마트 측의 책임도 있다고 봐요. 그러니 이쯤에서 이번 사고를 마무리 짓도록 하죠."
논리적으로 말하자 담당자는 입을 다물 수밖에 없었다. 하지만 그로서도 손해는 아니었다. 더 이상 사고가 확대되는 것을 방지한 것이다.
"저희도 그러면 좋습니다마는……."
담당자는 사고 현장에 모여 있는 사람들이 신경 쓰였다.

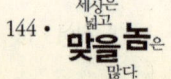

이들이 집으로 돌아가서 소문을 내지 말라는 법이 없었다.

"과장님, 지점장님이십니다."

보안 요원이 무전기를 건네주자 담당자는 잠시 떨어져서 대화를 나누고 돌아왔다.

"저희 둘 마트에서 이런 사고가 일어나서 죄송하다는 말씀드립니다. 놀라셨을 고객분들을 위해 안내 데스크에서 소정의 상품을 준비했으니, 지금 받아 가시면 됩니다."

담당자의 말에 주위에 있던 사람들이 반색했다. 그야말로 생각지도 않은 횡재를 한 것이다.

"흠흠! 학생이 다치지 않았으니 다행이지. 장하네."

중년의 남자가 안재수의 어깨를 두드리고는 급하게 걸어갔다.

"어유! 요즘 학생들 같지 않아."

"남을 위해서 몸을 던지다니. 학생 같은 젊은이들이 많아야 나라가 바로 서."

다른 사람들도 안재수에게 덕담 한마디씩을 남기고 뒤를 따랐다.

"다친 데 있으면 꼭 말해. 생돈 들여서 병원에 가지 말고."

눈치 빠른 몇몇이 걱정해 주며 돌아가자, 사고 현장에는 안재수와 엄마, 아가씨만 남았다.

"세 분은 사무실로 가시죠. 지점장님께서 사례를 하고 싶어 하십니다."

고마운 인연 • 145

망설이는 안재수와 엄마를 대신해 아가씨가 당차게 나섰다.

"함께 가요. 당연히 받아야 되는 사례입니다."

안재수와 엄마는 아가씨를 믿고 담당자를 따라갔다.

✦ ✦ ✦

아가씨의 이름은 김지은이었다. 고등학생처럼 보이는 앳된 외모와는 달리 23살이었고, 놀랍게도 서울대 언론정보학과 3학년이었다.

"호호호! 어머니, 많이 드세요."

김지은은 사고 당시와는 달리 매우 활달했다.

"호호호! 그래. 지은이도 많이 먹으렴."

엄마는 김지은과 성격이 맞아 금방 친해졌다. 누가 보면 모녀지간이라고 할 정도였다.

"안재수, 왜 그렇게 깨작거려. 남자가 팍팍 먹어야지."

"아, 네."

"네는 무슨. 누나야. 편하게 생각해."

"응, 누나."

안재수는 이렇게도 빨리 친해질 수가 있을까 의문이 들었다.

지옥과도 같았던 고등학교 3년 동안 친구 하나 제대로 사귀지 못했다. 그런데 한 시간이 채 지나지 않았는데 김지은과 한 식구처럼 지내고 있었다.

"네 덕분에 둘 마트 상품권을 받고, 병원비까지 청구할 수 있게 되었지만 기분이 묘해."

"어머니, 당연한 권리예요. 만약에 저나 재수가 엄청 다쳤다면 둘 마트로서도 골치가 아팠을 거예요. 우리가 사람들 앞에서 괜찮다고 했기에 둘 마트로서는 다행인 거죠."

지점장 사무실에서 안재수와 엄마는 병풍처럼 서 있었고, 김지은이 모든 처리를 했다.

결국 1인당 둘 마트 상품권 50만 원씩과 후유증이 있으면 치료비를 준다는 확약을 받아 냈다. 그리고 덤으로 둘 마트 지점장의 단골 집인 고급 한식당의 무료 시식권까지 받았다.

"그 직원이 불이익을 당하지 않을까 걱정되네."

엄마도 자식을 키우는 부모인지라 힘없는 직원이 모든 걸 뒤집어쓰지 않을까 염려했다.

"걱정 마세요. 그것도 제가 다 처리를 했어요."

"어떻게요?"

얼굴이 하얗게 질린 채 떨고 있던 또래의 직원이 생각나서 안재수도 마음이 편치 않았다.

"어떻게 하기는. 그 직원이 만약에 부당한 처분을 받는다면 제가 가만히 있지 않겠다고 했죠."

"그 사람들이 믿어요?"

김지은이 미소를 지으며 말했다.

"서울대 학생증과 대학신문사 기자증을 보여 주었지."

"그런 걸로 해결이 돼요?"

"솔직히 말해서 나도 이런 걸 싫어하지만, 서울대 학생증과 기자증을 보여 주면서 협박 같은 걸 했어. 선배님들이 언론계에 많이 계시다. 전화 한 통이면 바로 연락이 된다. 호호호! 언론에 알려지는 걸 제일 무서워하니까 바로 알았다고 하더라고."

"아, 그런 거구나."

안재수는 서울대 파워가 이렇게 셀 줄은 몰랐다.

선생님들이 서울대를 강조할 때도 '공부 잘하면 당연히 가는 데 아닌가?'라고만 생각했다. 피부에 직접적으로 와 닿지 않았던 것이다.

"어유! 얼굴도 예쁜데 공부도 잘해서 서울대생이라니. 정말 대단해."

엄마는 서울대생이라는 신분에 꽂혀 있었다.

"어머니, 너무 그러지 마세요. 부끄러워요."

"왜? 한국에서 최고로 공부 잘하는 천재들이 가는 곳인데."

"그런 것도 아니에요. 공부 좀 하고, 집안에 돈이 많으면 가기가 쉬워요."

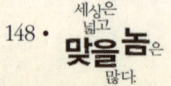

그녀는 쓸쓸한 표정이었다.

"제가 그런 케이스예요. 집이'좀 살아서 과외를 줄기차게 받다 보니 가게 됐어요. 아, 재미없다."

김지은이 소주 한 병을 시키더니 안재수에게 따라 주었다.

"어머니, 재수 술 마셔도 되죠?"

"그럼. 나랑 가끔 마시는데."

"재수야, 오늘 고마웠어."

김지은이 잔을 들자 안재수는 자신도 모르게 따라서 들고는 잔을 부딪쳤다.

"어라? 술 좀 하나 보네."

"많이는 못 마셔요."

"오! 제법 술이 센 모양이야. 많이는 못 마신다는 건 소주 두 병은 가뿐히 비운다는 말로 들리는데."

안재수는 전혀 아니라고 머리를 흔들고는 김지은과 함께 원샷을 했다.

"진짜 고마워. 나를 위해서 목숨을 걸어 준 사람은 네가 처음이야."

김지은의 눈빛에는 진심이 담겨 있었다.

'이 누나 왜 이래.'

안재수는 김지은의 눈빛도 부담되고, 서울대생이라는 신분도 부담이 되었다.

고마운 인연 · 149

"무협지 보면 나온다. 아무리 강호에 이름을 날리는 여고수도 처음 속살을 보여 준 남자에게 시집을 가야 된다고 결심을 하는 장면이."
"저는 무협지 안 보는데요."
"이런! 그러니까 네가 먹통인 거야. 무협지도 보고, 야동도 보고 그래. 그래야 남자의 상상력이 커지지. 안 그래요, 어머니?"
"호호호! 나는 잘 몰라."
엄마도 김지은의 대담한 말에 당황하기는 마찬가지였다.
"너도 시간 나면 무협지는 봐. 야동은… 알아서 하고."
"엄마도 참."
김지은의 말에 설득당하는 듯한 엄마를 보며, 역시 공부를 잘했어야 했다고 후회 아닌 후회를 했다.
"술이 참 맛있다."
소주를 홀짝이며 김지은은 슬프게 웃었다.
'저 누나 왜 저래.'
명문대생에 앳되어 보이는 미모를 가지고 있으니 천하무적이라고 생각했다.
"고민 있어?"
엄마의 물음에 김지은은 아니라며 웃고는 안재수를 향해 말했다.
"경명대 경찰행정학과라고 했지?"

"응, 누나."
"내 베프도 경명대 다니는데. 음, 그럼 경찰이 되는 게 목표겠네?"
"뭐, 대충 그래요."
"나는 현장을 누비는 기자가 꿈인데……. 아버지가 워낙에 법조인이 되는 걸 원하셔서 기자는 그냥 꿈으로 간직해야 할 것 같아."

공부를 잘하니 진로도 거창하게 잡을 수 있어 좋겠다는 생각을 했다.

'부럽네. 나는 고작해야 경찰이 목표인데, 이 누나는 기자와 법조인 사이에서 고민을 하고.'

안재수가 경찰행정학과를 택한 가장 큰 이유는 힘을 가지고 싶어서였다.

경찰이라는 공적인 힘. 그럼 지금처럼 당하고 살지 않아도 될 거라는 생각을 했다.

"올해 사법고시 1차는 합격을 했어. 내년에 다시 도전해서 최종 합격을 하면 판사보다는 검사가 되고 싶어. 기자만큼은 아니지만 현장을 누빌 수 있으니까."
"오! 미래의 검사님이네."

엄마는 완전히 김지은에게 빠져들었다.

10년을 넘게 고시 공부를 해도 합격을 못하는 고시생들이 즐비했다. 그런데 아무리 서울대생이라고 해도 대학생이 합격을 했으니 감탄한 것이다.

"호호호! 어머니, 사법고시에 최종 합격을 해도 사법 연수원 2년을 더 다니고, 상위권 성적을 받아야 검사가 돼요. 그냥 희망 사항이에요."

"누가 뭐래니. 결과가 중요한 거지."

안재수는 김지은에게 빠져 있는 엄마를 보며 고개를 저었다.

"엄마, 왜 그래."

"얘는. 너도 좀 배워."

뭘 배워야 할지 모르겠지만 그러겠다고 대답한 안재수는 김지은에게 눈짓을 했다.

'그만 가시죠.'

'어머! 어쩌니. 이제 시작인데.'

안재수는 소주를 마시는 김지은을 보며 고개를 저었다.

'괜히 구해 준 거 아냐?'

김지은과 비교되어 열등감이 들었지만, 그래도 이렇게 예쁜 여자와 함께 자리를 가진 적이 없어 기분은 좋았다.

✦ ✦ ✦

엉망이었다. 자고 일어나니 가게에 나가야 되는 엄마는 늦는다고 세수도 안 하고 뛰어나갔고, 김지은은 거실에서

새근새근 자고 있었다.

"뭐야, 이 누나?"

공부 잘하는 사람들은 아침 일찍 일어나 공부를 하고, 밥을 먹고 공부를 하고, 화장실 갔다가 또 공부를 할 줄 알았다. 그런데 수험생들의 로망인 서울대생 김지은은 거실에서 일어날 줄을 몰랐다.

"예쁘기는 하네."

김지은은 정신줄을 놓고 자고 있는 모습도 예뻤고, 안재수는 마음이 설레었다.

'키스하면 안 되겠지.'

김지은의 잠든 얼굴을 보며 안재수는 '절제'라는 단어를 생각했다. 그런데 생각지도 못한 말을 들었다.

"키스해."

"헉!"

안재수가 놀라서 뒤로 넘어지려는데 김지은이 잡았다.

"나 예쁘지?"

"네, 누나."

"그럼 키스해."

"그게 말이에요……."

김지은이 안재수의 멱살을 잡고 강제로(?) 입을 대었다.

쫘!

'날아갈 것 같아.'

김지은과 입술이 마주치는 순간 안재수는 무장해제되었고, 혀가 들어오자 미칠 것 같았다.
'이게 최경도 패거리들이 여자들을 만나는 이유였어?'
자신도 모르게 손이 김지은의 가슴으로 움직였다.
물컹.
가슴이 손에 잡히자 안재수가 오히려 당황했다.
"누, 누나······."
"괜찮아. 만져."
용기와 본능이 뒤범벅되었다.
"누나, 사랑해요."
안재수는 꿈결같이 말하고는 김지은의 온몸을 터치했다.
"너는 나를 만질 자격이 있어. 그리고 나도 처음이야."
가슴이 터질 것 같았고, 욕정으로 온몸의 신경이 폭발하기 직전이었다.
"아, 누나."
안재수는 전신을 부르르 떨었다.
"사랑해요."
그러고는 환희에 찬 고함을 질렀다.

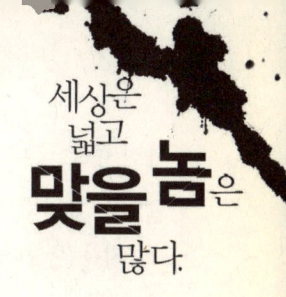

따르릉! 따르릉!

"누… 헉!"

자명종 소리에 놀란 안재수가 벌떡 일어나 주위를 둘러보다가 한숨을 쉬었다.

"꿈이었네."

허탈한 마음에 다시 침대에 누웠다.

"이런 개꿈을 꾸고! 누나가 알면 얼마나 비웃을까?"

김지은이 알 리가 없지만 괜히 쑥스럽고 미안했다.

"아, 쪽팔려."

한참 때의 안재수로서는 너무나 당연한 현상이었다.

20살이 되도록 이런 경험이 없을 리가 없었다. 다만, 이전

까진 주로 국내의 미녀 연예인들이나 야동의 포르노 배우들이 대상이었다.

김지은은 누나, 동생으로 친하게 지내자고 약속까지 한 사이였는데, 그만 이런 경험을 하게 된 것이다. 그래서 더 죄책감이 들었다.

"속옷부터 갈아입자."

속옷을 들고 샤워를 하러 가는데, 머릿속에서는 김지은을 안았던 기억이 사라지지 않았다.

"아, 미쳐! 이러면 안 돼."

안재수는 한겨울인데도 불구하고 찬물로 샤워를 했다.

✦ ✦ ✦

거실을 지나칠 때마다 김지은이 생각나 도저히 견디지 못한 안재수는 겨울 바람이 불어 대는 밖으로 나와 무작정 걸었다.

"안 돼. 기억에서 지워 버려야 돼."

하지만 기억이라는 게 지우고 싶다고 지워지는 것이 아니었다.

"아, 미쳐 버리겠다."

혼자서 중얼거리다가 머리를 쥐어뜯는 행동을 반복하자, 스쳐 지나가던 행인들이 멀리 돌아갔다.

"어? 내가 왜 여기까지 온 거야?"

안재수는 쌈지 공원에 도착해서야 정신이 들었다.

"휴! 그래. 여기에 오니까 마음이 편안해지네."

날이 너무 추웠는지 쌈지 공원에는 인적은커녕 길고양이조차 보이지 않았다.

"시원하니 좋네."

아무 생각 없이 나오다 보니 점퍼도 입지 않은 트레이닝 차림이었지만 추위를 느끼지 못했다.

불과 며칠 전까지는 상상도 하지 못했던 변화였지만 정작 당사자는 인지하지 못하고 있었다.

"이제 머리가 조금 맑아지는 기분이야. 그래. 이상한 인연이 시작된 여기에서 마법서를 차분하게 읽자."

안재수는 쌈지 공원 안으로 들어가 아무도 없는 벤치에 앉아서 왼 손바닥의 마법서를 열었다.

"휴! 대체 마법의 주문은 언제 나오는 거야? 켈트족의 이야기를 다 보고 난 다음에야 나타날 모양이네. 참 대단하신 안배입니다."

어차피 공짜로 얻게 된 능력이었다. 조급하게 굴면 될 일도 안 된다는 것을 지난 3년 동안 배웠다.

"참을 인 자 셋이면 살인도 면하고, 지옥 같은 고등학교 시절도 지나간다. 암, 내가 부처고 예수며, 모하메드다."

수백 번의 자살 충동도 견뎠다. 그렇게 단련된 멘탈이 이런 일에 사용될 줄은 몰랐다.

"역시 파켈로스는 대단해. 영화로 만들면 정말 죽이는 영웅이 탄생할 거야."

안재수가 켈트족의 이야기에서 가장 관심을 가지고 있는 인물이 파켈로스였다.

관심이 있으면 정도 생기는 법. 안재수는 파켈로스의 이야기가 나올 때마다 눈빛이 초롱초롱해졌다.

"오! 새로운 기술이네. 도끼를 표창처럼 날리는 기술. 거대한 도끼를 이렇게 날리려면 대단한 완력과 테크닉이 뒤따라야 하는데."

마법서에는 도끼를 날리는 기술을 자세히 서술해 놓았다. 안재수는 파켈로스가 직접 서술하지 않았을까 하고 생각했다.

"이렇게 어깨를 활처럼 뒤로 당겼다가 허리에서부터 어깨까지 한꺼번에 힘을 발출하면서……."

안재수는 몇 번 연습을 해 보고는, 주위를 둘러보다가 도끼를 대신할 물건을 찾았다.

"이게 그나마 비슷하겠다."

파켈로스가 사용하는 도끼는 마법서의 설명대로라면 사람만 한 크기에 바위처럼 무겁다고 했다. 또한 작정하고 휘두르면 어른 몸통만 한 나무를 단번에 벤다고 했다. 물론 안재수는 완전히 믿지 않았다.

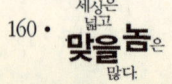

안재수가 도끼 대신 주워 들은 것은 부러진 나뭇가지였다. 1미터 정도의 길이에 두께가 성인 팔뚝만 해서 무거워 보였다.

"어라? 생각보다 가벼워. 부러진 지 오래되어서 말라 버렸나?"

그것은 아니었다. 나뭇가지의 단면은 생나무처럼 윤기가 있었고, 껍질도 부드러웠다.

"좋아. 어디 한 번 흉내를 내 볼까."

잔가지를 쳐 내고 휘둘러 보았다.

윙윙윙!

나뭇가지는 바람을 가르며 제법 위협적인 소리를 냈다.

"표적이 있어야겠지."

안재수는 10미터쯤 떨어져 있는 커다란 비석을 노려보았다. 바르게 살아야 하는 모임에서 쌈지 공원 조성 기념으로 만든 비석이었다.

"여기 올 때마다 눈에 거슬렸어. 주위 환경에 어울리는 비석을 만들어야지. 저건 사람들에게 이 비석은 우리가 만들었다, 라고 자랑하고 있는 것 같아."

안재수는 제법 날카로운 눈빛으로 비석을 노려보다가, 몇 번 연습한 자세대로 힘차게 나뭇가지를 던졌다.

"아자!"

나뭇가지가 호기롭게 날아가다가 비석 앞에서 픽 떨어

졌다.

"힘이 부족하네."

나뭇가지를 주워서 다시 처음 자리로 돌아가 심호흡을 하고 던졌다. 그런데 이번에는 비석 위로 날아갔다.

"힘이 넘쳤나?"

다시 나뭇가지를 주워 몇 번을 더 던졌지만, 파켈로스의 도끼 흉내는 실패하고 말았다.

"다시 해 보자. 진지하게."

땀이 나면서 온몸이 후끈해졌다.

"힘으로만 하려고 하지 말자. 마법서에 나온 대로 따라가 보자."

눈을 감고 마법서의 내용을 떠올렸다. 머릿속에 마법서의 내용이 선명하게 떠오르더니, 순간 동작이 그림처럼 보였다.

"흐음… 차!"

몸이 활처럼 휘어졌고, 온몸의 근육이 불끈 솟아올랐다. 시위를 벗어난 화살처럼 나뭇가지가 날아갔다.

팍!

그리고 비석의 귀퉁이를 맞히고는 땅에 떨어졌다.

"오! 예!"

정통으로 맞히지는 못했지만 처음으로 성공하자 안재수는 팔딱팔딱 뛰었다.

"역시 교과서 중심으로 공부를 해야 돼. 하하하!"

머릿속에서 보았던 자세와 연속 동작이 안재수의 몸으로 실현된 것이다.

"정확하게 맞힐 때까지 계속해야지."

재미를 붙인 안재수는 나뭇가지로 몇 번이나 비석을 맞히고 나서야 손을 떼었다.

"끝! 배고프다. 밥 먹으러 가자."

안재수는 나뭇가지를 던지고는 쌈지 공원을 빠져나갔다.

휘이잉!

바람이 거칠게 불었다.

쿵쿵쿵.

커다란 비석에 균열이 생기더니 나뭇가지에 맞은 곳들이 떨어져 나갔다.

전쟁의 흉터가 지나간 건물처럼 비석은 망가져 버렸다.

✦ ✦ ✦

아침 일찍 가게로 출근했다가 밤늦게 집으로 돌아오는 엄마는 재수가 무엇을 하는지 잘 몰랐다.

그래서 안재수는 온 종일 켈트족의 이야기를 잡고 연구에 연구를 거듭할 수가 있었다.

"쩝쩝쩝! 이래서 이렇게 하면 되는구나."

안재수는 과자 봉지를 침대에 늘어놓고 먹으며 온갖 포즈를 잡았다. 켈트족의 전투력을 흉내 내는 것이다.

"켈트족은 바이킹보다 더 호전적이고, 낙천적이었구나. 그래서 멸망이 그림자처럼 다가와도 두려워하지 않았어."

중국 무협 영화를 보면 무림 문파들이 무공을 수련하는 장면이 나온다. 약육강식, 강자생존을 위해서 무공을 수련하듯, 켈트족도 생존을 위해 무공(?)을 수련했다.

"장풍이나 검강 같은 게 등장하지 않을 뿐, 켈트족의 전투력은 그냥 나오는 게 아니었어. 아주 실전적이야. 만약에 중국의 무공 고수들이 켈트족과 대결을 한다면 나는 켈트족에 돈을 걸겠어."

그만큼 안재수는 켈트족의 전투력에 매료되어 있었다.

"이 정도의 힘이라면 내가 굳이 마법의 힘을 빌리지 않아도 되는 거 아냐?"

켈트족의 이야기를 읽는 것만으로도 몸이 좋아지고, 강해지고 있다는 것을 어렴풋이 깨닫기 시작했다.

"도대체 어느 정도까지 강해질 수 있을까?"

켈트족의 전사들은 고대 유럽의 어느 종족들보다도 강하고, 용맹했다.

"하지만 나는 아직 그 정도까지는 아닌 것 같은데. 50퍼센트 정도의 힘이라도 가지면 정말 좋겠다."

자신의 능력치도 제대로 모르고 있었다.

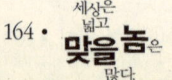

"우선은 마법서를 끝까지 읽어 보자. 그럼 뭔가 답이 나오겠지."

안재수는 침대에 드러누워 가장 편안한 자세로 왼 손바닥을 스마트폰처럼 보며 읽어 내려갔다.

"어? 이거 뭐야."

편안하게 켈트족 이야기를 읽던 안재수가 깜짝 놀라며 벌떡 일어나 앉았다.

"마법이잖아!"

처음으로 마법에 대한 이야기가 나온 것이다.

〈마법을 수련하기 위해서는 마나가 필요하다.〉

마나라는 말에 눈이 번쩍 뜨였다.

"마나가 뭐지?"

안재수는 눈에 쌍심지를 켜고 읽어 내려갔다.

〈전사의 힘만으로는 로마 놈들을 상대하기가 힘에 부친다는 것을 깨닫고 흑마법을 전사들에게 전수하기로 결심했다. 그러나 나의 결정은 곧 벽에 부딪쳤다.

흑마법사들은 마법의 비밀이 새어 나가는 것을 원하지 않았고, 전사들은 마법의 힘을 무시했다. 서로의 영역을 인정하지만 물과 기름처럼 결합할 수가 없었던 것이다.

그래서 우선은 전사들을 설득하기 위해 마나를 이용한 나의 전투 능력을 극도로 발휘해서 보여 주었다.

말보다는 행동으로 보여 준 나의 능력에 힘을 숭상하는 전사들은 탄복했고, 마법을 받아들이기로 했다.

"마법사들이여, 흑마법의 능력을 우리에게 전수해 주오. 우리의 힘에 흑마법이 합쳐진다면 로마 놈들을 물리칠 수 있지 않겠소."

전사들이 진심을 다해 부탁하자 흑마법사들도 고집을 꺾고야 말았다.

"그대들은 마나가 미약해서 힘이 드오."

"마나?"

"우리 흑마법사들은 마나의 힘으로 흑마법을 구사하오."

"그럼 그 마나라는 것을 우리에게 주시오."

"마나는 줄 수 있는 게 아니오. 흑마법을 익히면서 자연스럽게 만들어지는 것이 마나요."

그래서 전사들은 흑마법을 익히게 되었다.〉

안재수는 답답했다.

"그래서 어떻게 된 거야? 마나는 어떻게 가지는 거냐고?"

스마트폰 화면처럼 계속 넘기고 싶었지만, 마법서는 그것을 용납하지 않았다. 이어지는 켈트족의 이야기를 천천히 읽어 내려갈 수밖에 없었다.

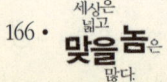

〈셀 수도 없는 많은 낮과 밤이 지나고서야 전사들은 마나를 서서히 축적할 수가 있었다.

흑마법사들의 말대로 마나는 거저 얻는 게 아니었다. 뼈를 깎는 고된 훈련에 적응된 전사들도 심신에 무리가 올 정도로 어려웠다.

하지만 그 이상의 가치가 있었다. 마나는 마법뿐만이 아니라 심신 수양과 전투 능력을 배가시키는 데에도 지대한 공헌을 한 것이다.

전사들은 흑마법사들의 도움으로 점점 더 강해졌고, 마나를 축적하기 위한 수련을 게을리 하지 않았다.

전쟁은 이제부터 새롭게 시작될 것이다.

켈트족의 전사들은 흑마법사들과 한 몸이 되어 로마 놈들과 맞서 싸울 것이다.〉

해가 지고 어둠이 밀려왔지만 안재수는 오로지 켈트족 이야기에 집중했다.

〈마나를 쌓기 위해서는 여러 가지 방법이 있었지만, 우리는 실험을 통해 가장 간편하면서도 실용적인 방법을 터득했다.

바로 음식이다.〉

"음식? 음식으로 마나를 쌓을 수가 있다고? 이거 점점 재미있어지네."

안재수는 왼 손바닥을 벽걸이 TV처럼 벽에 붙여 놓고 읽어 내려갔다.

〈마나는 자연과 신수(神獸)들에게 있다. 특히 신령한 생물들에는 우리가 상상하는 이상의 마나가 있고, 우리는 그것들을 섭취함으로써 마나를 쌓을 수가 있었다. 그중 최고는 드래곤과 프라이든이라는 식물이었다.〉

"드래곤이면 용이잖아. 진짜로 드래곤이 실존했다는 말이야? 어이가 없네."

안재수는 믿어야 할지, 말지 고민했다.

〈흑마법사의 수장 브게수스가 드래곤을 사냥하고, 프라이든을 채취해서 마나를 얻자고 했다. 그리고 그 마나를 켈트족 전사들과 흑마법사들에게 나눠 주면 로마 놈들과 싸우는 데 엄청난 힘이 될 것이라고 했다.〉

"설마 이걸 믿는 건 아니겠지. 존재 자체도 믿지 못하겠는데."

안재수는 '이건 아니다'라고 켈트족에게 말하고 싶었다.

드래곤 사냥이라니. 무슨 애니메이션도 아니고 드래곤을 사냥한다는 건 불가능했다.

〈우리는 결국 성공했다.
어린 드래곤이었지만 사냥에 성공을 했다.
전사들과 흑마법사들이 여럿 죽었지만 켈트족을 위한 희생이었다.
그리고 안데라스 산맥에서 프라이든을 채취했다. 아주 극소량이었지만, 마나를 만들어 내는 데 성공한 것이다.
나, 파켈로스가 이 모든 것을 주도했다.〉

"파켈로스, 자기애가 무척이나 강하네. 그래서 좋아하지만 너무 강해."

안재수는 기뻐하는 자신의 모습에 자제했다. 한데 어느 순간, 눈알이 튀어나올 정도로 놀라고 말았다.

〈드래곤의 고기와 뼛가루를 전사들과 흑마법사들에게 나눠 주고, 드래곤의 뿔로 드래곤 소드의 칼자루와 칼집을 만들었다. 프라이든의 액은 조미료로 만들어 음식을 조리할 때마다 첨가했다.〉

"헉! 진짜야?"

안재수는 장난감처럼 손으로 돌리고 있던 드래곤 소드를 보물을 보듯 쳐다보았다.

"그래서 내가 라이트닝을 날릴 수 있었던 거야? 아니야. 드래곤 고기를 먹은 것도 아닌데, 왜 내가 라이트닝을 구사할 수가 있었던 거야?"

그때 번개처럼 머리를 울리는 장면이 있었다.

"조미료? 내가 미스터 파우스트 할아버지에게 얻어먹었던 스테이크! 설마 그 스테이크에 프라이든이 있었던 거야?"

너무나 맛이 좋아서 더 없냐고 물어보았던 그 스테이크가 기억나서 안재수는 침을 삼켰다.

〈드래곤 소드를 음기가 가장 강한, 해가 뜨기 직전에 물에 담가 놓고 진한 파란색으로 변하면 마셨다. 그 물이 바로 마나가 응집된 결집체다.

그 물을 마시면 마나가 평소의 100배로 쌓이고, 영(靈)과 영이 통하는 신비를 경험할 것이다.〉

안재수는 드래곤 소드를 들고 조심스럽게 주방으로 향했다.

"대박."

하지만 그는 진짜 대박이 될 수 있는 글귀를 흘려버렸다.

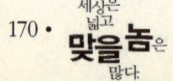

〈드래곤 소드에 드래곤이 봉인되어 있다.〉

안재수는 커다란 사발에 물을 담고 드래곤 소드를 넣었다.

"새벽의 음기는 모르겠다. 미리 넣어 두고 내일 아침에 일어나면 알겠지."

계속해서 놀다 보니 귀찮음이 절정에 달하고 있었다.

"과연 어떻게 될까?"

안재수는 기대 반, 의심 반의 마음이었다.

✦ ✦ ✦

"안재수, 엄마 간다."

"으응, 알았어."

안재수는 늦도록 켈트족의 이야기에 매달리다가 잔 터라 아침 햇살에 눈을 뜨기가 싫었다.

얼마나 기다렸던 게으름의 일상인데, 그 행복을 깨기가 싫었던 것이다.

"헉!"

보일러의 따뜻함이 너무 좋아 뒤척이던 안재수가 벌떡 일어났다.

"드래곤 소드."

지금까지 엄마에게도 보여 주지 않았는데, 새벽 햇살이 잘 들어오는 다용도실에 두었던 것이다.

"엄마가 건드리지는 않았겠지?"

안재수는 두려움에 100미터 달리기 선수처럼 뛰었다.

"휴! 있네."

다행히 엄마는 늦은 밤 시간에 세탁기를 돌리지 않았다.

"진짜 색깔이 파랗게 변했네."

드래곤 소드를 담아 두었던 커다란 사발의 물이 파랗게 변해 있었다.

"그런데 이걸 진짜로 마셔야 돼?"

비위가 약해 처음 보는 음식은 잘 먹지 못하는 것은 어릴 적부터 지금까지 변함이 없었다.

"최경도 새끼가 가래침 뱉은 콜라도 마셨는데."

망설이던 안재수는 두 눈을 질끈 감고 사발을 입가에 가져다 대었다.

"어? 생각보다는 괜찮은데."

구역질까지 각오했는데, 연한 곰탕 국물 맛이 났다.

"드래곤의 고기도 이런 맛일까?"

궁금해졌지만 현실에서 드래곤의 고기를 먹을 수는 없었다.

"변화가 일어날까?"

안재수는 햇빛이 들어오는 거실에 앉아 변화의 조짐을

기다렸다.

10분이 지나고, 30분이 흘렀다. 어떤 변화도 없었지만 안재수는 참을성 있게 기다렸다.

'드래곤의 뿔인데 조금의 변화라도 있겠지.'

한 시간이 흘렀지만 아무런 변화가 없자 안재수는 허탈하게 웃었다.

"마법서도 100퍼센트 믿을 게 못 되는구나. 마나가 100배로 쌓이고, 영과 영이 통하는 기적이 일어난다더니. 에고! 내가 너무 욕심을 부렸어."

기분이 좋지 않은데도 허기가 느껴졌다.

"요즘 왜 이렇게 식욕이 당기지?"

책상 다리도 먹을 정도로 왕성한 식욕을 자랑한다는 청소년기였지만, 쫄따 생활에 지쳐 하루에 한 끼도 겨우 먹었었다. 그런데 요즘은 하루 세 끼를 다 챙겨 먹고 있었다.

스스로 생각해도 이상한 일이었지만 엄마는 무척이나 좋아했다.

"3년 동안 못 먹었던 것을 한꺼번에 먹으려고 하나. 하하하!"

안재수는 웃으며 기지개를 크게 켰다.

번쩍.

기지개를 켜는 동안 섬광이 일어났다가 사라졌다.

마나가 온몸에 흐르고 있다는 징조였지만 본인은 모르고

지나친 것이다.

"맛있네. 역시 울 엄니 음식 솜씨는 최고야."
 된장찌개에 김치 하나만 놓고 먹었지만 밥은 꿀맛이었고, 안재수는 순식간에 두 그릇이나 비웠다. 깨작거린다고 엄마에게 잔소리를 듣던 안재수가 아니었다.
 설거지를 하려는데 휴대폰이 울렸다.
 "어? 누나다."
 평정심을 유지하던 안재수의 심장이 휴대폰 화면에 뜬 '김지은'이라는 이름 석 자에 쿵쾅거렸다.
 "차분해야 돼."
 이성이라고는 TV에 나오는 여자 연예인들밖에 몰랐던 안재수였다.
 "네, 누나."
 안재수는 두근거리는 마음을 진정시키며 통화를 했다.
 "진짜요?"
 입학 선물을 사 주겠다던 약속을 김지은은 잊지 않고 있었다.
 "네, 거기 알아요. 네, 5시까지 갈게요."
 안재수는 전화를 끊고는 월드컵에서 우승한 축구 선수처럼 방방 뛰며 기뻐했다.
 "꺄호! 누나가 나를 잊지 않고 있었어."

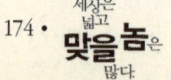

신경세포가 기쁨에 들떠 활짝 열리고, 마음이 바빠서 무엇을 해야 할지를 몰랐다.

"옷은 뭘 입고 나가지? 아니야. 샤워부터 해야 돼. 냄새라도 나면 완전 폭망이야."

안재수는 집 안을 왔다 갔다 하며 난리를 피웠다.

"향수도 뿌려야지. 엄마 화장대에 있을까?"

그는 엄마 방까지 엉망으로 만들었다.

✦ ✦ ✦

데이트.

꿈에서도 해 보지 못했다.

"왜 이렇게 떨리지?"

안재수는 생전 처음 겪어 보는 두근거림에 심호흡을 하고, 쪼그려 뛰기도 해 보았지만 진정이 되지 않았다.

"안재수, 진정해. 여자랑 데이트를 안 해 본 티를 내면 절대 안 돼."

강남의 백화점 앞에서 안재수는 시계만 쳐다보며 김지은을 기다렸다.

"재수야."

얼마 후, 차도 반대편에서 김지은이 손을 흔들었다.

"누나."

안재수는 핑크색 점퍼를 입고 있는 김지은을 보자마자 진정하자는 다짐을 멀리 날려 보내고 바보처럼 웃었다.
"진짜 예쁘다."
백화점 앞을 오고 가는 그 많은 사람들은 눈에 들어오지도 않았다. 오로지 김지은만 보였다.
"오래 기다렸어?"
하얀 김을 뿜으며 웃고 있는 김지은이 다가오자 안재수는 숨이 멈출 것만 같았다.
"내가 조금 늦었지."
'이런 기다림이라면 언제라도 할 수 있어요.'라고 말하고 싶었지만 입이 떨어지지가 않았다.
"인사해. 내 친구 은성이야."
김지은이 함께 온 친구를 소개하자 그제야 안재수의 시야가 넓어졌다. 김지은이 친구와 함께 온 것도 몰랐던 것이다.
"오! 이 친구가 네가 그렇게 자랑하던 그 흑기사야?"
"얘는."
김지은과 함께 온 친구는 단발머리에 털털한 성격이었다.
"내 미모에 너무 떨지 마. 지은이 베프 오은성이라고 해."
"아, 안녕하세요. 안재수입니다."
'미모라는 말은 좀 안 어울리는데. 대체 여기는 왜 온 거야?'
안재수가 마지못해 웃자 오은성이 미묘한 표정을 지었다.

"내가 나와서 급실망한 기색인데? 맞지?"

"아, 아닙니다."

안재수가 표정 관리를 하자 오은성이 수상한 미소로 받아쳤다.

"당황한 걸 보니 맞는 것 같아."

"얘는, 그만해. 새내기 대학생에게 무슨 말이야."

김지은이 말렸지만 오은성은 뭔가 눈치챘다는 표정을 감추지 않았다. 덕분에 안재수는 가시방석에 앉은 것처럼 입장이 난처해졌다.

"하하하! 농담이야. 긴장 풀어."

오은성이 쾌활하게 웃으며 안재수의 어깨를 쳤다.

"경명대라고?"

"네, 그렇습니다."

김지은이 웃으며 입을 열었다.

"지난번에 내가 말했지? 경명대 선배야. 소개시켜 주려고 데리고 왔어."

"아, 그러시구나."

대학교 선배를 이렇게 만날 줄은 정말 몰랐다.

"경찰행정학과라고?"

"네."

"거기 엄청 군기 잡고 빡센데."

"그런가요?"

경명대 경찰행정학과가 군기가 세다는 정보는 이미 인터넷을 통해 알고 있었다. 하지만 지난 3년보다 더 고생을 할까 싶어서 별로 신경 쓰지 않았다.

"어? 이 무미건조한 반응은 뭘까? 그 정도는 충분히 감수할 수 있다는 의지?"

"아닙니다."

"아니야. 몸도 튼튼하고, 멘탈도 굳건하니까 견딜 수 있다는 말 같은데."

오은성이 갑자기 안재수의 몸을 터치하며 엉큼한 미소를 지었다.

"좋은데? 운동 좀 했나 봐."

"운동 안 했는데요?"

솔직하게 말했는데도 오은성은 믿지 않았다.

"운동도 안 했는데 이런 몸을 만들었다고? 내가 지은이처럼 천재가 아니라, 삼수해서 경명대 의대에 들어갔지만 바보는 아니야. 타고났다고 해도 이런 몸은 아무나 못 만들어."

"진짠데……."

안재수가 김지은에게 억울하다는 눈길을 보냈다.

"겨우 며칠 안 봤는데 몸이 더 좋아졌어. 너 운동 엄청 하나 보다."

김지은도 안재수의 몸을 보더니 놀라워했다.

'뭐야? 이 분위기? 내 몸이 나도 모르게 변했다는 말이야?'

안재수로서는 답답할 지경이었다. 하지만 본인만 모를 뿐이지, 다른 사람들은 모두 알 수가 있었다. 늘 입고 다녔던 점퍼가 몸에 딱 달라붙어 잔 근육을 보여 주었다.

"이것 봐. 몸매에 자신이 있으니까 점퍼 안에 얇은 티 한 장만 걸치고 나왔네. 청바지도 완전 스키니고."

스키니 진을 산 적은 없었다. 늘 입고 다니던 일자 청바지였다. 다만, 삼시 세끼를 챙겨 먹다 보니 살이 쪘는지 몸에 딱 맞을 뿐이었다.

"너무 닦달하지 마. 몸 좋은 게 잘못된 것도 아니고. 춥다. 어서 들어가자."

김지은이 논란에 종지부를 찍고 안재수의 팔짱을 꼈다.

'헉!'

안재수는 팔에서 느껴지는 황홀함에 오은성이 무슨 말을 하는지 귀에 들어오지 않았다.

강남의 H백화점은 언제 와도 적응이 되지 않았다.

한강 다리 하나만 건너면 강남이었지만 문화가 다르다는 생각이 들 수밖에 없었다.

중학교 때는 몰랐다. 친구들과 자주 와서 놀다 갔지만, 고등학교에 진학하고는 시간적으로나 정서적으로 여유가 없었다. 강남이 점점 먼 세상처럼 느껴져서 불편했던 것이다.

"촌놈 코스프레 하는 거야?"

오랜만에 와서 이것저것 구경을 하는데 오은성이 놀리듯 말했다.

"그런 건 아닌데……. 선배님, 죄송해요."

안재수가 머리를 긁으며 사과를 하자 김지은이 오은성을 째려보았다.

"그만해라. 강남 사는 게 뭐 자랑이라고."

"그건 그렇지. 하하하! 쏘리, 후배님."

김지은이 주눅 들어 있는 안재수에게 다정하게 말했다.

"사고 싶은 거 없어? 내가 팍팍 쏘지는 못하지만 10만 원 안에서는 다 사 준다."

"10만 원이 뭐야! 이왕 쏘는 김에 확실하게 쏴라. 그 정도 능력은 되잖아."

"그만하라고 했다."

김지은의 살기(?) 어린 눈빛에 오은성이 시선을 돌리며 말했다.

"외지에서 생활해야 하는 새내기 대학생에게 가장 필요한 건 아무래도 속옷인데, 그건 부모님이 사 주실 거고. 음, 10만 원 선에서 해결할 수 있는 건 딱 저거다."

오은성이 손가락으로 가리키자 두 사람의 시선도 함께 움직였다.

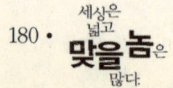

"운동화. H백화점에서 10만 원으로 살 수 있는 선물은 그리 많지 않아."

김지은이 쳐다보자 안재수가 고개를 끄떡였다.

"누나, 운동화 사 주세요."

여러 매장을 둘러보며 가격대에 깜짝 놀라고 있었던 터라 오은성에게 고마웠다.

"그럴까."

세 사람은 나이키와 아디다스 등의 운동화가 진열되어 있는 매장으로 들어갔다.

✦ ✦ ✦

전쟁 같던 쇼핑이 끝나고, 냉면이 먹고 싶다는 오은성의 손에 이끌려 백화점에 입점해 있는 유명한 냉면 가게로 들어갔다.

"냉면은 누가 뭐래도 비냉이지. 여기 비냉……."

오은성이 메뉴판을 보지도 않고 주문을 하는데 안재수가 제지했다.

"저는 물냉인데요."

안재수는 비냉보다는 물냉을 선호했다. 맛있는 비냉과 그저 그런 물냉 중에 선택을 하라고 하면 100퍼센트 물냉을 선택할 정도로 물냉 마니아였다.

"나도 물냉."

"어? 둘이 짠 거야? 너도 항상 비냉 먹었잖아."

오은성이 김지은에게 이상하다는 눈길을 보냈다.

"그건 너 때문에 먹은 거지, 나도 물냉 좋아해."

"이런 비겁한 친구 같으니! 연하를 만나니까 친구를 배신해!"

"친구야, 그만하자. 나는 원래 물냉이었어."

"좋아. 냉면 맛도 모르는 무식한 물냉파에 반대하며 나는 비냉."

오은성이 삐친 듯한 말투로 주문을 했다.

그리고 잠시 후, 냉면을 먹는데 갑자기 직원들의 발걸음이 바빠졌다.

"실장님."

슈트를 차려입은 남자가 안으로 들어오자 직원들이 일렬로 서서 인사를 했다.

"여기 올 거면 미리 연락을 해 주지."

한눈에 봐도 '나 재벌 2세야'라는 티가 나는 젊은 남자의 모습에 안재수는 면발을 입에 물고 쳐다보았다.

'누구야?'

순간 김지은의 표정이 변했다.

'아는 사람인가?'

안재수의 궁금증을 풀어 준 사람은 오은성이었다.

"어라? 어떻게 알고 왔어요? 백화점에 레이더망을 깔았어요?"

"하하하! 너는 여전하구나. 그래, 네가 알잖아. 내가 지은이를 얼마나 아끼는지."

"알기는 알죠. H백화점의 후계자인 오빠가 지은이 스토커라는 걸."

"이런! 삼수를 해서 대학에 들어가면 인성이 좀 나아질까 했더니 여전하구나. 그래, 남친은 있고?"

"남친 안 만들어요. 오빠 같은 사람을 만날까 싶어서."

"나도 너 같은 여친은 안 만들어. 남자인지, 여자인지도 모르는 사람은 사양이야. 그래서 내가 더 지은이를 아끼잖아."

서로 대화를 하지만 독기가 서려 있었다.

"이 친구는 누구지? 네 후배야?"

남자는 오은성과 독설을 주고받은 다음에야 안재수에게 잠시 눈길을 주었다.

"안녕하……."

안재수가 일어나서 인사를 하려는데 오은성이 잡아서 앉혔다.

"네 라이벌이야. 돈만 많고 재수 없는 왕싸가지. 한마디로 병맛이야."

오은성의 귓속말에 안재수가 당황하는데, 김지은이 남자

마나를 얻다 • 183

를 소개했다.

"여기 백화점 주인의 아드님이셔. 알아 두면 좋을 거 없어. 다 먹었으면 가자."

김지은이 일어나려 하자 남자가 손을 잡아 앉혔다.

"왜 이래? 뭐가 필요해서 내 백화점에 온 거야?"

"필요한 거 샀어요."

"쇼핑은 안 한 것 같은데?"

김지은의 주변에 쇼핑백이 없는 걸 보고 남자가 비서에게 말했다.

"명품 매장 점장들 다 오라고 해."

"네, 실장님."

비서가 나가려는데 김지은이 붙잡았다.

"가지 마세요. 살 거 없어요."

"선물이야."

"선물 필요 없어요."

"허! 그럼 내가 미안해지잖아."

그때 오은성이 눈빛을 빛내며 말했다.

"지은아, 선물을 주신다는데 받아."

"얘는, 왜……."

오은성이 눈짓으로 안재수를 가리켰다.

"가방도 필요하고, 여러 가지 많잖아."

오은성과 눈빛이 통한 김지은이 야릇하게 웃었다.

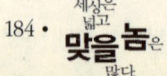

"음, 그럼 구X와 샤X에서 남자 가방 두 개하고, 베XX에서 XL 사이즈 재킷이랑 티셔츠 몇 개."

"남자 거를 왜? 혹시 오빠 선물?"

"굳이 밝혀야 돼?"

"하하하! 아니. 가져와."

남자의 명령에 비서들이 뛰어가더니, 곧바로 바리바리 싸들고 돌아왔다.

"자, 선물이야. 부담 가지지 마."

김지은이 그것들을 받아서 건네주자 안재수는 얼떨떨한 표정으로 받았다.

"고마워요, 누나."

"인사는 여기에 해."

안재수는 어쩌다 보니 남자에게 고마움의 인사를 하게 됐다.

"고맙습니다."

"어떻게 아는 사이야?"

남자가 수상한 눈초리로 쳐다보자 안재수는 기분이 묘해졌다.

'이 사람, 기분이 좋지 않아.'

남자의 마음이 전해졌다. 영이 느껴진 것이다. 안재수로서는 처음 겪는 현상이었다.

"누나예요."

"누나? 어떤……."

"내가 좋아하는 동생이야. 이제 됐지? 이만 갈게."

김지은이 일어나서 안재수의 손을 잡고 나가 버리자 남자는 똥 씹은 얼굴이 되었다.

'저 새끼 뭐야?'

오은성이 지나치며 남자의 자존심을 긁었다.

"돈이면 다 되는 거 아니야. 누군 돈이 없나."

그에 남자의 얼굴이 더욱더 일그러졌다.

'저년을……!'

명품을 선물하고도 자존심이 구겨질 대로 구겨진 남자가 부하 직원에게 말했다.

"저 새끼 누군지 알아봐."

"네, 실장님."

남자의 이름은 장석.

강남 최고 백화점, H백화점의 후계자였다.

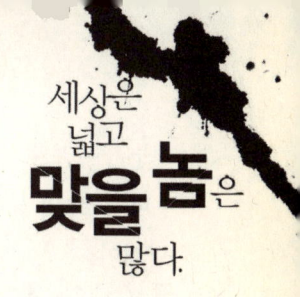

그날 꿈을 꾸었어.

하! 그게 말이야.

조상님인지, 죽은 내 친구인지 구분은 안 되는데 여기 가서 복권을 사라고 하더라고.

그래서 내가 차를 몰고 가서 복권을 샀어.

그런데… 하하하!

복권이 당첨된 거야.

역시 사람은 죽으란 법이 없는 거야.

씨발!

이제 내게 지랄한 새끼들은 다 죽었어.

내가 복권 당첨이 되었어.

누가 나보고 가정폭력범이라고 해!

나는 말 안 듣는 새끼들과 마누라를 올바르게 다스린 사람이야.

그러니까 하늘에서 내게 이런 복을 준 거야.

내가 진짜로 사람들이 말하는 양아치였으면 이런 복을 줬겠어?

내가 잘하고 있으니까 복을 준 거라고.

하하하!

나는 복 받은 사람이야.

그런데 이 개새끼는 왜 나를 보고 짖는 거야?

복날은 아니지만 확 잡아먹을까 보다.

그나저나 즉석복권으로 당첨된 5억으로 뭘 할까?

우선 단란주점을 하나 차리자.

술도 마음대로 마시고, 계집들도 마음대로 끼고.

잠은 모텔에서 룸 하나 잡아 놓으면 돼.

내가 그리던 화려한 삶을 살 수 있게 된 거야.

하하하!

제7장

눈물 나는 첫 키스

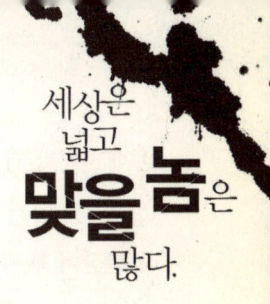

세상은 넓고 **맞을 놈**은 많다.

'헤이스트는 민첩성을 늘리는 주문이고, 슬로우는 민첩성을 떨어뜨리는 주문이란 말이지.'

안재수는 밤을 꼬박 새우고 피곤한 몸을 침대에 묻는 순간, 새로운 마법을 발견했다.

'이걸 어디서 시험해 보지? 헤이스트는 방에서 해도 되지만, 슬로우는 상대편에게 거는 마법이라 누군가가 필요한데. 그래, 우선 헤이스트부터 시험해 보자.'

안재수가 마법을 시전하려 하자 마나가 꿈틀거렸다.

"오! 살아 있네."

드래곤 소드를 우린 물을 처음 마실 때는 몰랐다. 하지만 매일 복용하니 심장 부근이 간질간질하다가, 어느 순간 터보 엔진처럼 파워 업이 되었다.

"이제는 어지간한 일에도 놀라지 않아. 간이 부은 게 아니라 심장이 부은 건가."

안재수는 실없이 웃고는 마나를 움직이며 주문을 외웠다.

"헤이스트."

안재수의 몸이 스타트 선에서 출발하는 경주용 자동차처럼 앞으로 튀어 나갔다.

쾅!

그러다 벽에 그대로 부딪쳤고, 안재수는 쌍코피를 흘리며 쓰러졌다.

"이게 아닌데."

다행히 얼굴이 망가지지는 않았다.

"어질어질하다."

안재수는 10여 분을 누워 있다가 일어나서는 고개를 절레절레 흔들었다.

"이 마법은 좁은 장소에서는 할 수가 없겠어. 숙달되면 모를까, 자살행위야."

안재수는 휴지로 코를 틀어막고 방을 나갔다.

"재수야, 얼굴이 왜 그래?"

하필이면 거실에 엄마가 있었다.

"엄마······."

"코피는 왜 난 거야?"

안재수는 얼떨결에 둘러댔다.
"게임하느라……."
엄마가 작게 한숨을 쉬더니 솜을 가지고 나왔다.
"게임이 얼마나 재미있는지 엄마는 몰라. 그래도 코피까지 흘리면서 하지는 마."
뭘 해도 이해를 해 주는 엄마에게 거짓말을 한 게 미안했다.
"접수. 그리고 미안. 엄마, 커피 타 줄까? 찐한 다방 커피로."
"마셨어. 아침 먹어야지?"
"괜찮아. 잠깐 나갔다 올게."
안재수는 마법을 빨리 시험해 보고 싶은 마음에 슬리퍼를 질질 끌고 밖으로 뛰어나갔다.

15년 만에 닥친 한파에 아파트 단지는 한산했고, 간혹 다니는 사람들도 두꺼운 점퍼와 목도리로 중무장을 하고 있었다.
"별로 춥지 않은데. 이 정도 추위는 늘 있지 않았나?"
마나의 영향으로 추위를 잘 느끼지 못하는 안재수는 얇은 점퍼 하나만 걸치고 있었다. 그는 곧 아파트 뒤쪽으로 갔다.
"여기가 딱이네."
단지 안을 돌아다니던 고양이들도 한파에 숨어 버린 지

금, 안재수는 마음껏 마법을 펼쳤다.
"헤이스트."
슝!
축지법을 쓰는 도사처럼 안재수는 공간을 헤집고 다녔다.
"어어어? 이거 어떻게 멈추는 거야."
번개처럼 몸을 빠르게 움직일 수는 있었지만 멈추는 방법을 몰랐다.
쿵!
결국에는 나무에 부딪치고 나서야 멈추었고, 대낮에 별을 보고 말았다.
"제길! 멈추는 마법을 몰라. 스톱이라고 해야 하나, 멈추라고 해야 하나."
안재수는 이마를 문지르며 다시 마법을 시전했다.
부웅!
우선은 공간을 헤집고 다니며 턴을 하는 요령을 터득하는 데 집중했다. 그리고 몸에 익어 갈 즈음에야 멈추는 시도를 했다.
"에라! 모르겠다. 스톱!"
끽!
급정거를 하는 자동차처럼 먼지를 일으키며 멈추는 데 성공했다.
"이거였어? 스톱! 하하하!"

안재수는 웃음을 터뜨렸다.

"어이가 없네."

이왕에 시작한 것 뿌리를 뽑겠다면 안재수는 몇 번이나 헤이스트를 시전하며 공간을 헤집고 돌아다녔다.

"어? 야옹이다."

그러다 나무 사이에 숨어 있는 고양이 한 마리를 발견한 그는 회심의 미소를 지었다.

"야옹아, 실험에 동참해 주면 내가 맛있는 소시지를 사 줄게."

주위를 경계하고 있는 고양이에게 조심스럽게 다가가 마법을 걸 준비를 했다.

'우선 고양이를 움직이게 만들어야 슬로우 마법을 걸 수가 있겠지. 미안, 야옹아.'

작은 돌을 주워서 살짝 던지자, 눈치만 보던 고양이가 잽싸게 도망을 쳤다.

"슬로우!"

안재수가 외치자 놀랍게도 고양이가 슬로우 모션으로 걸었다.

"와! 됐다."

놀람도 잠시, 고양이는 후다닥 도망을 쳤고, 안재수는 헤이스트로 따라붙으며 또다시 마법을 걸었다.

"슬로우."

몇 번의 시도 끝에 안재수는 슬로우 마법의 강도를 체크할 수가 있었다.

"짧게는 10초, 길게는 30초까지 슬로우 마법이 먹힌다."

스스로에게 헤이스트 마법을 걸면 최대 3분까지는 지속 가능했다. 반대로 고양이에게 슬로우 마법을 걸면 최대 30초밖에 유지되지 않았다.

"이유가 뭐지? 마법도 쉬운 게 아니구나."

아직은 마법에 대한 통찰력이 부족하다는 것을 알게 되었지만, 새로운 마법을 배웠다는 기쁨이 더 컸다.

"야옹아, 잠시만 기다려."

약속한 대로 소시지를 주기 위해 안재수는 헤이스트를 시전하며 슈퍼로 달려갔다.

"엄마, 배고파. 밥 주세요!"

성과물을 얻은 안재수가 기분 좋게 집으로 들어가며 고함을 질렀다.

"얘는. 옆집에서 시끄럽다고 항의 들어오겠다."

지은 지 30년이 넘은 아파트라 층간 소음에, 옆집 소음까지 신경을 써야 했다.

"이 정도는 괜찮아. 자기들은 만날 시끄러운데."

"그래도 서로 조심을 해야지. 식탁에 밥 차려 놨으니 먹어."

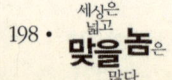

식탁에서 밥을 먹는데, 엄마는 분주히 오가며 짐을 챙기고 있었다.

"엄마, 뭐 해? 그거 내 옷이잖아. 지금 내 짐 챙기는 거야? 아직 많이 남았어."

"상관하지 말고 밥이나 먹어."

엄마의 목소리가 가라앉아 있었다.

'서울에 있을 걸 그랬나.'

짐을 챙기는 엄마를 보며 안재수는 미안해졌다.

원서를 넣을 때는 무조건 서울을 떠나고 싶었다. 그런데 엄마가 우울해하자 후회가 되었다.

'아니야. 서울을 떠나는 건 맞아. 더 이상 최경도 패거리와 가까이 있을 수는 없어.'

고등학교 3년은 지긋지긋했다. 그 모욕감과 지독한 폭력은 두 번 다시 겪고 싶지 않았다.

"네가 서울에 있으면 참 좋을 텐데."

엄마의 진심에 안재수가 웃으며 말했다.

"거기가 아니다 싶으면 서울에 있는 대학에 편입할게."

"편입은 쉬운가. 그냥 네가 하고 싶은 대로 해."

"엄마, 아들이 그 정도는 돼."

"그럼 처음부터 가지를 말든지."

엄마와 아들 사이에 묘한 침묵이 흘렀다.

"아직 일주일이나 남았는데, 뭐하러 벌써 짐을 싸?"

마음이 싱숭생숭해서 화제를 돌렸다.

"한 달에 한 번 쉬는 날이라 미리 해 두는 거야."

"내가 할게."

"아이고! 내가 누구보다 우리 아들을 잘 알아. 나중에 내려가서 이게 없니, 저걸 안 챙겨 왔다고 연락이 올 게 뻔해요."

맞는 말이었다. 수학여행을 갔을 때도 중요한 세면도구는 쏙 빼놓고 짐을 챙겼던 기억이 있었다.

"그래도 이제는 나도 성인인데."

"꼼꼼히 다 챙겼지만 혹시라도 필요한 거 있으면 전화해. 엄마가 보내 줄게."

코끝이 찡해졌다.

양말에 구멍이 나면 기워 신는 엄마였다. 요즘 세상에 양말이 얼마나 한다고 그러냐고 해도 웃으며 넘겼다. 하지만 안재수가 필요한 건 아끼지 않고 사 주는 엄마였다.

"엄마, 한 달에 한 번은 집에 올게."

"됐어. 그 먼 길을 고생하면서 올 필요 없어."

"안 멀어. 천안까지 지하철이 가고, 서울에서 대전까지 KTX 타면 한 시간이야. 대전에서 학교까지는 겨우 30분이고. 충분히 올 수 있어."

"공부하는 데 방해된다. 방학 때 보면 돼."

엄마의 고집을 말릴 수가 없었다. 당신은 상관이 없고, 오로지 아들만 배려했다.

'엄마, 자주 올게.'

안재수는 속으로 다짐했다.

"참, 너희 학교는 오리엔 뭐라는 행사 없어?"

"오리엔테이션."

"그래. 오리구이 가게 김 사장은 자기 아들이 오리엔 뭐라는 거 갔다고 하던데."

당연히 경명대도 신입생 오리엔테이션이 있었다. 등록금 고지서에 같이 딸려 왔는데 금액이 무려 198,000원이었다. 너무 비싸다 싶어 인터넷으로 알아보았는데, 신입생 오리엔테이션 중에서도 최고로 비싼 금액이었다.

'그 돈이면 두 달 치 기숙사비야. 안 가고 말지.'

안재수는 그냥 넘겨 버렸다.

"아, 그거? 우리 학교는 없어."

"그래? 대학마다 다른 모양이구나."

지난 3년 동안 늘 해 왔던 선의의 거짓말을 어쩔 수 없이 하고 말았고, 엄마는 철석같이 믿어 주었다.

'그러고 보니 오리엔테이션이 어제오늘 이틀간이었네. 갔으면 좋았겠지만, 20만 원씩이나 들여서 갈 필요가 있을까. 어차피 입학하면 다 만날 텐데.'

안재수는 대학 생활에 대한 환상이 있었다. 고등학교와는 전혀 다를 것이라고 생각했다. 하나의 단어로 말하자면 '자유=대학'이라고 믿고 있었다.

띵똥!

그때 벨이 울리자 안재수가 현관으로 향했다.

"누구세요?"

"택배 왔습니다."

"엄마, 택배 올 거 있어?"

"아니. 너는?"

"나도 없는데. 뭐지?"

문을 열자 바짝 마른 체구의 외삼촌이 싱글벙글 웃고 있었다.

"외삼촌!"

"우리 재수! 잘 있었어?"

외삼촌이 안재수를 덥석 안았다.

"언제 귀국한 거야?"

엄마도 반가움에 벌떡 일어나 현관으로 달려왔다.

"누나 맞아? 하나밖에 없는 동생 귀국일도 모르고?"

"그래. 3년 전 이때 배 타고 나갔지."

"빨리도 안다."

외삼촌은 엄마와 포옹을 하며 음흉하게 말했다.

"우리 누나 가슴이 더 커졌네."

"이놈이 재수 앞에서."

찰싹!

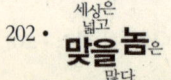

엄마는 외삼촌의 등짝을 후려갈겼다.

"아야! 손힘이 여전한 걸 보니 아픈 데는 없는 모양이네."

"오십도 안 됐어. 노인들이나 아프지."

"하하하! 두 모자를 보니까 여기가 서울이 맞네. 고작 3년 만에 왔는데 너무 변했어."

"서울이 원래 그래. 나도 오랜만에 가 보는 곳은 너무 변해서 길도 못 찾아."

"외삼촌, 오늘 귀국한 거예요?"

안재수는 입이 귀에 걸린 채 외삼촌의 팔에 매달렸다.

"우와! 이 자식이 왜 이리 무거워진 거야? 배 타고 나갈 때에는 요만 했는데."

안재수가 중학교 졸업할 때 보고 처음이니, 체격의 변화에 놀랄 수밖에 없었다. 180이 넘는 외삼촌은 안재수와 키를 재 보더니 깜짝 놀랐다.

"중학교 때는 겨우 내 어깨에 닿던 놈이 이제는 거의 맞먹네."

"그 정도는 아닌데."

안재수도 키를 재 보고는 놀란 상태였다. 175라고 알고 있던 자신의 키가 외삼촌과 비슷하다는 게 이해가 안 되었다.

"재수가 요즘 부쩍 컸어."

엄마는 한참 자랄 나이라며 아무런 의심도 하지 않고 좋아했다.

"그런가."
오히려 안재수 자신이 의심을 했다.
짝!
"아야!"
외삼촌이 안재수의 등짝을 후려쳤다.
"키 크면 좋지, 뭘 고민을 해."
"얘는! 왜 내 아들을 때려."
"아이고, 부모 없는 나는 어디 가서 하소연을 하나."
외삼촌이 엄살을 부리자 엄마는 따뜻한 눈빛으로 그를 보았다.
"밥은?"
"당연히 안 먹었지. 누나, 밥 있어?"
"된장찌개 있는데 먹을래?"
"우와! 누나표 된장찌개라면 무조건 좋아."
엄마가 밥상을 차려 주자 외삼촌은 며칠 굶은 사람처럼 밥과 된장찌개를 흡입했다.

✦ ✦ ✦

시원하게 목욕을 한 지 너무 오래되었다고 사우나에서 한참을 보낸 두 사람은 엄마와 만났다.
"근사하게 저녁 먹고 술도 한잔하자."

돈이 많다고 쏘겠다는 외삼촌을 엄마가 나무랐다.

"그 고생을 해서 번 돈인데 아껴. 그리고 재수는 너랑 달라. 아직 애야. 술 마시면 안 돼."

"재수도 이제 성인이잖아. 내가 이놈과 술 마실 날을 얼마나 기다렸는데."

안재수가 술을 마시는 걸 반대하지는 않지만, 외삼촌이 워낙에 술을 좋아해서 걱정을 했다.

"안 돼. 맥주 한 잔이면 모를까."

"어허! 누나, 왜 이래. 누나는 고2 때부터 술을… 읍!"

엄마가 외삼촌의 입을 막았다.

"조용히 해."

그에 외삼촌이 고개를 끄떡이자 엄마는 손을 떼었다.

"과거는 과거일 뿐이다."

살기가 서린 엄마의 눈빛에 외삼촌은 입을 다물고는 눈짓으로 말했다.

'재수야, 한 잔 진하게 하자.'

안재수는 웃으며 고개를 끄떡였다.

"저기 어때? 한우 전문 구이. 캬! 죽인다. 매일 생선만 먹었는데, 드디어 한우를 먹을 수 있어."

외삼촌은 조선시대 궁궐처럼 만들어진 한우 전문 구이점으로 두 사람을 끌고 갔다.

눈물 나는 첫 키스 • 205

"응, 그래. 알았어. 금방 갈게."

세 사람이 무려 10인분을 먹고 자리를 파할 때쯤, 엄마는 친구의 전화를 받고 급히 일어났다.

"엄마 친구가 교통사고를 당해서 가 봐야 해. 보호자가 없어서 고생하는 모양이야."

외삼촌의 입가에 미소가 그려졌다.

"잘 다녀와. 재수는 내가 데리고 있을게."

"술 많이 먹이면 죽어."

외삼촌의 음모를 눈치챈 엄마가 협박을 했지만 외삼촌은 무시했다.

"나도 어른이야. 잔소리 그만해."

엄마는 외삼촌을 한 번 더 노려본 다음에야 가게를 나갔다.

"야호! 드디어 잔소리꾼을 보냈다. 안재수, 이제부터 사나이 대 사나이로 한잔하는 거다."

안재수도 기대에 찬 눈빛으로 대답했다.

"제가 안내할게요."

"아는 데 있어?"

외삼촌이 의외라며 쳐다보자 안재수가 호기롭게 말했다.

"물론이죠."

안재수는 외삼촌을 참 좋아했다. 마음을 터놓을 친척이라고는 외삼촌밖에 없어서이기도 했지만, 언젠가 엄마에게 들은 말 때문이기도 했다.

'네 외삼촌이 정말 어른이다. 동생이지만 어떤 때에는 오빠처럼, 또 어떤 때에는 돌아가신 아버지처럼 보인다. 수산고등학교 졸업하고 바로 배를 탄 것도 다 나 때문이다. 우리 가게도 네 외삼촌이 번 돈으로 차린 거야.'

✦ ✦ ✦

외삼촌은 놀라워하며 주위를 두리번거렸다.
"와! 동네 근처에 이런 유흥가가 있었네."
"타운을 형성한 게 4, 5년 정도 되었대요. 근처에 오피스 건물들이 많이 생기고, 지하철이 들어오는 바람에 유동 인구가 많아졌어요."
"어쭈! 우리 조카님이 별걸 다 아네. 3년마다 봐서 그런지 정말 볼 때마다 놀란다."
외삼촌은 3년 주기로 배를 탔고, 한국에서 머무는 시간도 며칠이 되지 않았다. 그런 식으로 마흔이 넘도록 원양어선을 타고 있었다.
"외삼촌, 이제 배 안 타면 안 돼요? 저축도 많이 했다고 엄마가 그러던데."
"아직 멀었어."

"얼마나 더 배를 타야 돼요?"

"음, 앞으로 6년 정도 더."

"그렇게나 오래……?"

외삼촌이 안재수의 머리를 흩트리며 웃었다.

"내 목표가 서울 변두리에 작은 빌딩 하나 사는 거다. 사대문 안에는 너무 비싸 안 되고. 3년짜리 원양어선을 두 번만 더 타면 대출 끼고 살 수 있을 것 같다."

"임대 사업을 하려고요?"

"그래. 5층짜리 빌딩을 사서 1층에는 우리 누나 식당 차려 주고, 2, 3층은 임대하고, 4층에는 누나와 네가 살고, 5층에는 결혼해서 내가 살고. 하하하! 상상만 해도 즐거워."

외삼촌의 목표를 들으며 안재수도 즐거워졌다.

"그럼 우리 같이 사는 거네요."

"당연하지. 평생 같이 살아야지."

두 사람은 어깨동무를 하고 젊은 청춘들이 가득한 호프집으로 들어갔다.

"오늘 완전히 맛이 갈 때까지 마시는 거다."

"콜!"

호프집 분위기에 맞춰 두 사람은 1만 CC로 시작했다.

"크윽! 좋다."

"외삼촌, 술 많이 취했어요."

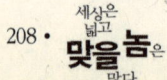

벌써 3차를 달렸고, 외삼촌은 비틀거렸다.

"무슨 소리야. 하나도 안 취했어. 자식이, 네가 취했구나. 비틀거리는 걸 보니."

'휴! 이래서 술 취한 사람은 못 말린다고 하는구나.'

똑같은 양을 마셨다. 안재수는 취기가 올라오는 정도였지만 외삼촌은 어느 광고처럼 떡이 되었다.

'내가 이렇게 술이 셌었나?'

심야의 놀이터에서 분을 이기지 못하고 소주를 마셔 보았지만 한 병이면 끝이었다. 그런데 지금은 그렇게 많은 양의 술을 어디로 마셨는지 모를 만큼 취하지 않았다.

비틀.

"외삼촌! 넘어져요."

안재수가 부축을 하는데, 호객 행위를 하는 남자들이 다가왔다.

"손님, 좋은 곳이 있습니다. 아가씨들도 어리고 기가 막히게 예쁩니다."

"저희는 괜찮아요."

안재수가 거절을 하자 외삼촌이 취한 눈으로 남자들을 쳐다보았다.

"진짜 어리고 예뻐?"

그에 남자들의 눈이 반짝거렸다.

"물론입니다. 안 예쁘면 그냥 가셔도 됩니다. 그만큼 자신이 있습니다."

"아니, 그게 아니고요."

안재수는 처음 당해 보는 경우라 어떻게 해야 될지 몰랐는데, 외삼촌이 호기롭게 외쳤다.

"좋아! 가자. 어디야?"

"손님, 제가 모시고 가겠습니다."

어느새 남자 한 명이 외삼촌을 부축한 채 안내를 했고, 안재수는 다른 남자의 손에 이끌렸다.

'어? 이게 아닌데.'

안재수가 어쩔 수 없이 따라갈 때, 외삼촌이 남자와 흥정을 하고 있었다.

"양주 한 병 얼마야?"

"임페XX 큰 거 한 병에 과일 안주, 마른안주 세팅해서 20만 원입니다."

"콜! 나 술 하나도 안 취했어. 바가지 씌우면 그냥 나와."

"저희도 장사 하루 이틀 하는 거 아닙니다. 바가지 씌우면 손님들이 가만있지 않습니다."

"하하하! 그래. 아가씨는 정말 예쁜 거 맞지?"

"안 예쁘면 그냥 나가시면 됩니다."

"좋아. 재수야, 오늘 어른들 노는 곳에 한번 가자. 내가 미리 경험을 시켜 줄게."

그러지 않아도 된다고 말을 하려는데, 외삼촌은 이미 남자와 함께 단란주점이 있는 지하로 들어가고 있었다. 외삼 촌은 뱃사람답게 이런 경험이 많은 것 같았다.

'엄마가 알면 난 죽었다.'

안재수는 이런 상황이 거북하기만 했다.

✦ ✦ ✦

머리가 깨질 것 같았다.

"물, 엄마."

안재수는 엄마를 찾았지만 대답이 없었다.

"헉!"

그는 벌떡 일어나 주위를 둘러보았다.

"여기가 어디야?"

퀴퀴한 냄새가 가득한 1평짜리 골방에 외삼촌은 시체처럼 널브러져 있었다.

"어떻게 된 거야?"

안재수는 머리가 깨질 것 같은 두통을 참으며 지난밤을 떠올려 보았다.

"호호호! 자기, 우리 러브 샷 해."

노출이 심한 옷을 입은 여자가 외삼촌에게 술을 먹였다.

"그래, 오늘 죽을 때까지 마셔 보자."

"어머! 정말 잘 마신다. 여기 양주 한 병 더!"

"우리 도련님은 너무 얌전하시다. 한잔해."

"아니, 저는 괜찮은······."

여자가 술을 머금은 있는 입으로 안재수의 입을 막았다.

'첫 키스를 이런 식으로 하다니.'

김지은의 얼굴이 떠오르며 죄를 짓는 기분이 들었다.

억지로 들어오는 양주를 마시며 인상을 썼다.

그리고 어느 순간 의식이 희미해지는데, 이미 소파에 쓰러져 있는 외삼촌이 눈에 들어왔다.

"외삼촌······."

그렇게 시야가 점점 흐려졌다.

"호호호! 어린애가 술이 엄청 세네."

"그러게 말이야. 술에 약을 탔는데도 오래 견디네. 역시 젊음이 좋아."

그때 깡패 같은 웨이터들이 들어왔다.

"야, 털어."

"겨우 30만 원 있어!"

"씨X! 거지잖아. 카드 없어?"

"없는데."

"요즘 카드 없는 놈도 있나."

"선원증이 있는데."

"새끼가 뱃놈이었네."

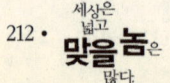

"어떻게 할까?"

"골방에 던져두고 깨어나면 돈 가져오게 만들어야지."

곧이어 인상이 험악한 남자가 들어왔다.

"사장님."

"고이 모셔. 두당 이백만 원짜리야."

"헤헤헤! 그러게 말입니다."

안재수는 한숨이 나왔다.

"당한 거야? TV에서 보았던 '사건 실화' 이런 것처럼."

직접적인 경험은 없지만 간접적인 경험은 많았다. TV와 인터넷은 그런 환경을 조성했고, 달리 취미가 없는 안재수는 많은 동영상을 접했다.

하지만 이상하게도 겁은 나지 않았다. 이 상황을 해결할 수 있다는 묘한 자신감이 생겼다. 다만 시체처럼 널브러져 있는 외삼촌이 걱정이었다.

"외삼촌."

"으으으!"

아무리 흔들어도 외삼촌은 정신을 차리지 못했다.

"나쁜 놈들."

안재수는 일어나서 몸을 움직였다.

"어? 내 신발."

김지은이 선물로 사 준 운동화는 없고 맨발이었다. 화가 머리끝까지 났지만, 나이답지 않게 금방 이성을 찾았다.

"우선은 몸부터 풀자."

켈트족의 이야기에 나오는 전투하기 전의 운동으로 몸을 풀었다.

우두둑!

뼈가 부딪치는 소리와 함께 마나가 움직이며 술기운을 밖으로 뿜어냈다.

"휴! 이제 살 것 같네."

10분 정도 몸을 풀고 나니 전신에 땀이 흘렀다.

"지금 몇 시지?"

점퍼 주머니를 뒤적였지만 스마트폰은 없었고, 외삼촌의 손목시계도 보이지 않았다.

"다 가져갔구나."

완전히 당한 것이다.

"우선은 밖의 상황을 살펴보자."

조용히 문을 열고 밖으로 나왔다.

"쥐 죽은 듯이 조용하네."

골방은 단란주점의 주방 안쪽에 있었다. 주방을 나오자 카운터가 보였고, 작은 탁상시계가 있었다.

"오전 5시가 넘었네."

걱정을 하고 있을 엄마가 눈에 선했다.

"엿 됐다."

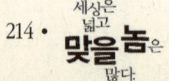

다른 모든 일은 나중에 해결해도 되지만, 외삼촌과 이렇게 술집에서 밤을 새운 일은 변명할 수가 없었다.

"냄새가 정말 많이 나네."

오전 5시의 단란주점 내부는 고요함과 퀴퀴함이 뒤범벅되어 낯선 세계 같았다.

조심스럽게 단란주점을 뒤져 보았지만 아무도 없었다.

"신고 갈 수 있는 게 있어야 되는데."

낡은 슬리퍼를 찾아내서 신었다.

"내 나이키 운동화 가져간 놈은 반드시 찾아낸다."

지금 안재수에게 가장 중요한 것은 외삼촌이 뺏긴 돈과 선원증 등이 아니었다. 김지은이 선물해 준 운동화였다.

"혹시 문이 잠겨 있는 거 아냐?"

엄마 가게의 문을 잠갔던 경험이 있어, 안재수는 계단을 올라가서 문을 열어 보았다.

"잠겼네."

그래서 놈들이 안심하고 집으로 갈 수 있었던 것이다.

"이걸 어떻게 열지?"

112에 신고를 하고 싶었지만 단란주점에는 유선전화도, 공중전화도 없었다.

"힘으로 한번 해 볼까?"

부쩍 세진 힘으로 어떻게 할 수 있지 않을까 싶어, 강철로 만들어진 문고리를 당기고 비틀어 보았다.

하지만 문은 꿈쩍도 하지 않았다.

"휴! 힘들어."

힘만 들고 소득이 없자 안재수는 계단에 앉아 왼 손바닥을 쳐다보았다.

"혹시 이걸 부술 수 있는 방법이 마법서에 있지 않을까?"

하지만 마법서는 요지부동이었다. 다 읽지 않으면 페이지가 넘어가지 않았다.

"아, 이런 거 말고 내가 필요한 걸 달라고!"

안재수는 악에 받쳐 소리를 지르며 왼 손바닥에 힘을 주었다.

휘리리릭!

그러자 갑자기 왼 손바닥에 보이던 화면이 바람에 날리는 종이책처럼 마구 넘어가더니 어느 순간 멈추었다.

"마법이야?"

〈캔슬레이션(Cancellation)
봉인을 해제할 때 사용하는 마법 주문
마나가 1단계일 때 사용 가능〉

"마나가 1단계일 때 사용이 가능하다고? 내가 몇 단계인지 모르는데."

드래곤 소드의 물을 마셔서 마나가 100배로 축적되었다

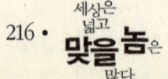

는 것을 모르는 안재수는 혹시나 하는 마음으로 주문을 외웠다.

"캔슬레이션! 제발 열려라!"

폭발하듯 고함을 지르자 강철로 만든 문고리가 움직이는 소리가 들렸다.

딱! 덜컹!

문이 스르륵 열리자 안재수는 경악했다.

"정말 통한 거야?"

놀라고 있을 시간이 없었다. 안재수는 골방으로 뛰어가서 외삼촌을 업고는 단란주점을 탈출했다.

"I'll be back!"

터미네이터에 나오는 대사를 외치며 안재수는 외삼촌을 업은 채 집으로 달려갔다.

제8장

꿈은 현실이 되어

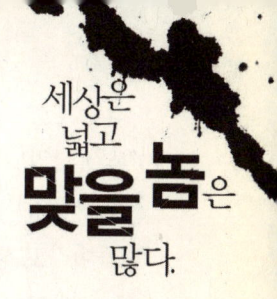

세상은 넓고
맞을 놈은
많다.

"룰루랄라! 즐거운 장사 시간."

요란한 양아치 패션을 한 20대 초반의 남자가 흥얼거리며 단란주점의 문을 열었다.

외삼촌을 꼬셨던 그놈이었다.

"새끼들, 죽어라 자고 있겠지. 우리 가게 약이 다른 데보다도 많이 세요."

단란주점의 문은 보통 저녁 무렵에 연다.

"삐끼가 10퍼센트를 먹으니까 내게도 20만 원쯤 떨어지겠다."

웨이터 생활에 만족하고 있는 놈은 계단을 내려다가가 흠칫 놀라며 멈추었다. 어두운 실내에 사람 형상의 실루엣이 보인 것이다.

"누, 누구야!"

도둑이라고 생각한 놈은 주머니에 들어 있는 나이프를 재빨리 꺼내 들었다. 하지만 사람 형상의 실루엣은 석상처럼 앉아서 아무런 반응이 없었다.

'어제 그놈들이 깬 거야? 그렇다면 쫄 필요가 없지.'

그 정도면 충분히 감당할 수 있다고 판단했다.

"야, 벌써 일어났어?"

불을 켜자 아니나 다를까, 안재수가 가게 한복판에 의자를 놓은 채 앉아 있었다.

"새끼가 어리니까 빨리 깨네."

놈은 나이프를 손바닥에 올려놓고 빙글 돌리며 안재수를 위협했다.

"혹시 나를 어쩔 수 있을 거라고 생각하면 곤란해. 내가 비록 삐끼지만 이 동네에서는 알아주는 사람이야. 특히 칼 쓰는 걸로는."

놈은 약간 떨기는 했지만, 배운 게 도둑질이라고 깡패짓을 따라 했다.

"그거 내 운동화네."

안재수는 놈이 계단을 내려올 때부터 운동화에 시선을 집중했다.

"히히히! 자식이, 비싼 운동화 신고 다니더니 어지간히 신경 쓰네. 그래, 내가 신고 있다. 어쩔래!"

깐족거리는 놈을 보며 안재수는 이를 악물었다.

"어쩌기는, 맞아야지."

"어쭈? 지랄하고 있네. 어?"

안재수가 뚜벅뚜벅 걸어오자 놈은 나이프를 들고 위협을 가했다.

"더 이상 다가오지 마. 찌른다."

"찔러."

"이 새끼가."

안재수가 거침없이 다가오자 놈이 나이프를 휘둘렀다.

"라이트닝."

찌리릭!

"으악!"

놈은 카운터 앞에서 오징어처럼 몸을 비비 꼬더니 픽 쓰러졌다.

"라이트닝의 강도가 훨씬 세졌네."

안재수는 설마 놈이 기절을 할 줄은 몰랐다. 감전이 되는 순간 한 대 치려고 했는데 수고를 덜었다.

"개새끼! 발 냄새 지독하네. 겨우 하루 신었는데."

안재수는 놈의 발에서 운동화를 벗기더니, 인상을 찡그리며 가지고 온 비닐봉지에 담았다.

"집에 가서 빡빡 빨아야지."

하지만 화가 풀리지 않았다. 겨우 한 번 신었는데 이런 냄새 때문에 빨아야 한다는 게 너무 억울했다.
"누나가 알면 뭐라고 하겠어. 개새끼!"
첫 키스까지 빼앗겨 버린 더러운 기억에 안재수는 기절한 놈을 마구 찼다.
"다음에 내 눈에 띄면 그때는 전기구이 통닭으로 만들어 줄 거다."
분이 풀리지 않았지만 안재수는 다음 타자를 기다렸다.

"이 새끼들이 아직 가게 불도 안 켜 놓고 뭐 하는 짓이야. 군기가 빠졌어."
험상궂은 인상의 사장이 계단을 내려오며 쉼 없이 욕지거리를 뱉었다.
"야, 다 집합해!"
가게 안으로 들어온 사장이 고함을 지르다가 흠칫하며 멈추었다.
"뭐야?"
가게 직원들이자 부하들이 모두 무릎을 꿇은 채 두 손을 들고 있었다. 그리고 그 중앙에서 안재수가 의자에 앉아 손가락을 까딱거렸다.
"이리 와."
사장은 헛웃음이 나왔다.

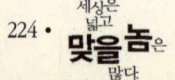

"어린놈의 새끼가 미쳤나. 야, 너희들 뭐 해! 당장 저 새끼 잡아!"

하지만 무릎을 꿇고 있는 부하들은 고개를 숙인 채 꼼짝도 하지 않았다.

"이것들이 죽으려고!"

사장이 의자를 들고 내리치려 하자 안재수가 주문을 외웠다.

"라이트닝! 졸라 세게!"

찌리릭!

"끄악!"

사장은 몸을 비틀며 괴로워했지만 부하들처럼 기절하지는 않았다.

"좋았어. 이번에는 한 대 칠 수 있겠네."

안재수가 달려가서 사장의 목을 팔로 쳐 버렸다.

퍽!

안재수의 팔에 목을 가격당한 사장이 프로레슬링에 나오는 선수처럼 뒤로 반 바퀴 돌며 넘어졌다.

쾅!

똘마니들이 눈을 감으며 움찔했다.

안재수는 기절한 사장의 품을 뒤져 외삼촌의 선원증과 지갑을 꺼냈다.

"30만 원 챙겨 간다."

스마트폰은 이미 다른 웨이터에게 찾은 상태였다.
"새끼들아, 양심을 가지고 장사를 해. 우리 외삼촌처럼 착한 사람들 돈 빼앗지 말고."
"네, 알겠습니다."
이미 쓴맛을 본 단란주점의 부하들은 고개를 숙이며 복종을 했다.
"너희들이 다시 이런 짓을 저지른다면 내가 가만히 있지 않을 것이다."
안재수가 입구로 걸어 나가다가 뒤를 돌아보며 외쳤다.
"라이트닝!"
찌리리릭!
"으악!"
전기에 감전된 부하들이 비명을 지르며 기절했다.
"X도 아닌 것들이 까불고 있어!"
안재수는 흐뭇한 미소를 지으며 단란주점을 빠져나갔다. 아드레날린이 쉬지 않고 분출되어 흥분이 멈추지 않았다.

유흥가를 지나가는 안재수는 세상에 무서울 게 없었다. 술에 취해 부딪치는 덩치들을 째려보고, 담배를 피우며 침을 뱉고 있는 놈들에게 경고의 시선을 날렸다.
'야, 너 뭐야!'라고 시비를 걸면 바로 라이트닝을 날리고 어택을 가하면 그뿐이었다.

다행히 시비를 거는 사람들은 없었지만 안재수는 거침이 없었다.

"자식들이."

안재수가 보무도 당당하게 걸어가는데, 구식 소나타 한 대가 지나가며 흙탕물을 뿌렸다.

"저 사람이!"

흙탕물을 뒤집어쓴 그는 화가 나서 쫓아갔다. 미치지 않고서야 할 수 없는 행동이었다.

"아저씨, 담배 한 갑하고 즉석복권 2만 원어치 줘."

소나타 운전자는 인도에 떡하니 차를 세워 놓고 편의점에서 복권을 구입하고 있었다.

"사장님, 차는 주차장에 세우시죠. 여기는 인도입니다."

가게에서 아주머니가 나와 충고를 하자 소나타 운전자가 째려보며 말했다.

"금방 가요."

"금방 가시더라도 차는 좀 옮겨 주시죠. 저희도 영업을 해야죠."

유흥가이자 우범지역에서 오랫동안 장사를 하고 있는 아주머니의 내공도 만만치 않았다.

"아, 씨X! 당신이 구청 직원이야?"

"그래, 구청 직원이다. 차 빼라면 빼. 어디서 사람들이 다니는 인도에 차를 세워 놓고!"

꿈은 현실이 되어 • 227

"뭐야? 이년이!"

"이년? 그래, 그렇지 않아도 장사가 안 돼 기분이 뭐 같았는데! 너 오늘 한 번 당해 봐라!"

40대의 아주머니는 성질이 보통이 아니었다. 양아치 한두 명 정도는 그냥 찜을 쪄서 먹을 기세였다.

"어, 어! 이 여자가!"

양아치 같은 소나타 운전자는 아주머니가 세게 나오자 당황하며 뒷걸음질을 쳤지만, 결국 멱살을 잡히고 말았다.

"야, 이 새끼야! 내가 술장사만 20년이야. 너 같은 새끼를 한두 번 겪어 본 줄 알아."

하지만 아주머니가 아무리 힘이 좋아도 30대 남자의 완력을 당할 수는 없었다.

"진짜 맞는다?"

소나타 운전자가 아주머니의 양손을 잡고 인상을 쓰자, 가게 안에서 털이 하얀 강아지 한 마리가 뛰어나와 짖어 댔다.

왕왕왕!

"이 개새끼는 뭐야."

소나타 운전자가 달려드는 강아지를 발로 차 버리자 아주머니는 더욱더 화가 났다.

"우리 산이를 왜 때려! 이 개만도 못한 새끼야!"

양아치를 상대로 싸움 경험이 풍부한 아주머니는 멱살을

놓더니, 소나타 운전자의 허리끈을 잡고 늘어졌다.

"동네 사람들이요! 경찰에 신고 좀 해 주소! 젊은 놈이 우리 산이하고 나를 죽이려고 하요!"

아주머니의 하소연이 통했는지 강 건너 불구경하던 행인들이 말리기 시작했고, 근처 가게 직원들이 합류했다.

"아저씨, 약한 여자를 상대로 뭐하는 거요!"

"이러면 안 되지. 남자가 쪽팔리게."

아주머니의 편을 드는 사람들로 인해 소나타 운전자는 이리저리 밀리며 정신을 차리지 못했다.

"담배하고 복권 안 가져갈 거야?"

그때 복권 판매대의 아저씨가 나와 담배와 복권을 흔들어 대며 고함을 질렀지만, 소나타 운전자는 그럴 여력이 없었다.

'저 남자를 어디서 봤는데. 데자뷔 현상인가?'

안재수는 그런 소나타 운전자를 보며 고개를 갸우뚱거리다가, 순간 무릎을 탁 쳤다.

'맞아. 지난번 꿈에서 본 그 남자야. 복권에 당첨되었다고 우쭐거리던. 난생처음 보는 사람이 꿈에 나와서 개꿈이라고 웃어 넘겼는데.'

예지몽(꿈을 통해 미래를 알 수 있다)일 거라는 생각은 전혀 하지 못했는데, 꿈속의 그 남자가 지금 눈앞에 나타난 것이다. 더구나 남자를 보고 짖어 대던 꿈속의 그 강아지도 똑같았다.

'말티즈. 생김새가 그대로야. 상황이 그때와 똑같다면… 즉석복권.'

갑자기 가슴이 뛰기 시작했다.

'저 아저씨가 들고 있는 즉석복권이 당첨이 된다는 말인가? 꿈속의 일이 실제로 일어난다면.'

안재수는 망설이지 않았다. 외삼촌의 지갑을 든 채 복권 판매대의 아저씨에게 다가갔다.

"아저씨, 복권……."

"무슨 복권? 로또?"

"아니요. 즉석복권."

복권 판매대 아저씨가 안재수를 보더니 다른 즉석복권을 꺼내려고 했다.

"그거 말고, 지금 들고 있는 복권을 파세요."

두근거리는 가슴을 진정시키며 말했다.

"이건 저 사람 건데."

"누가 사든 무슨 상관이에요. 저 아저씨에게는 다른 복권 주면 되죠."

"그러네. 2만 원이야."

복권 판매대 아저씨가 손을 내밀자, 안재수는 외삼촌의 지갑에서 2만 원을 빼 주었다.

"미성년자 아니지? 미성년자에게는 복권을 팔면 걸려."

"대학생이에요. 1학년이지만."
"그래. 대학생이면 되지. 자, 가져가."
"많이 파세요."
안재수는 어색하게 웃으며 복권을 받아 들고 천천히 걸어서 현장을 빠져나온 뒤, 급하게 뛰어갔다.
"헉헉헉! 여기면 되겠지."
10여 분을 달려 한적한 골목에 들어가서야 거친 숨을 몰아쉬며 멈추었다.
"아무도 없구나."
어느새 단란주점 부하들과 사장을 제압했던 호기는 사라지고 오로지 즉석복권에 집중했다.
"딜러 카드보다 내 카드 숫자가 크면 당첨. 그래! 한 번 긁어 보자."
안재수는 동전으로 즉석복권을 정성스럽게 긁었다.
"젠장! 당첨은커녕 1,000원짜리 행운 숫자도 안 맞네."
1장, 2장, 3장……. 어느새 손에는 마지막 한 장만이 남아 있었다.
"이게 마지막인데, 이것도 안 되면 그냥 꽝이야. 2만 원을 날리는 거라고."
자신의 돈도 아니었다. 외삼촌의 지갑에서 꺼낸 돈이었다. 잘못하다가는 외삼촌의 지갑에 손을 댄 나쁜 놈이라고, 엄마와 외삼촌에게 욕을 바가지로 먹을 수도 있었다.

꿈은 현실이 되어 • 231

"이거 안 되면 나는 죽어."

안재수는 기를 모아 복권을 긁었다.

"딜러 숫자가 5, 당첨금은 5억! 그럼 내 숫자가 6 이상만 나오면 되는데. 제발!"

하지만 안재수의 간절한 기도에도 불구하고 숫자 3개는 모두 5보다 낮았다.

"진짜 개꿈을 꾸었네."

허탈했다. 기분이 더러웠다. 그런데 갑자기 겨울비까지 부슬부슬 내렸다.

"사람 놀리나."

마지막 복권의 남은 부분을 아무 생각 없이 긁었다.

"젠장! 행운 번호 1,000원 당첨됐네."

2만 원어치 복권을 샀는데 당첨금은 1,000원이었다. 즉석복권 한 장으로 교환할 수 있었다.

"휴! 내 복에 무슨."

안재수는 신세 한탄을 하며 골목을 나와 비를 맞으며 걸었다.

"갑자기 무슨 비야? 눈도 아니고."

터덜터덜 걸어가다 보니 눈에 익은 소나타 한 대가 보였다.

"그 차 아냐?"

아니나 다를까. 소나타를 지나치는데 갑자기 차 안에서

욕지거리가 터져 나왔다.

"아 씨! 2만 원이나 투자를 했는데 10,000원짜리 하나 당첨되고! 어제 꿈자리가 좋아서 복권을 샀더니 기름 값만 날렸어. 이게 다 그년 때문이야! 씨X! 우리 애들 다 데리고 가서 그 가게 때려 부숴 버린다!"

소나타 운전자는 고래고래 고함을 지르고는 신경질적으로 시동을 걸었다.

부릉부릉.

"에이, 기름도 없잖아. 이래 가지고서야 강남까지 가지도 못하는데. 기름 값도 없고."

안재수가 속으로 쌤통이라고 욕을 하며 지나가는데, 차창을 내린 운전자가 소리를 질렀다.

"어이!"

안재수는 무시하고 그냥 지나쳤다.

"어이, 거기. 깜장 비닐 들고 가는 학생."

나이키 운동화가 들어 있는 검은 비닐봉지를 가슴에 안은 채 안재수가 뒤를 돌아보았다.

"저요?"

"그래, 너."

"왜요?"

안재수는 돈이라도 빼앗으려고 하면 라이트닝을 날리고, 제대로 한 방 먹이겠다고 결심했다.

꿈은 현실이 되어 • 233

"내가 지갑을 집에 놓고 와서 그러는데, 만 원 있으면 이거랑 교환하자."

소나타 운전자는 즉석복권을 흔들었다.

"그게 뭔데요?"

"10,000원짜리 당첨 복권이야. 현금으로 교환이 가능한데, 내가 졸라 바빠."

"저기 앞에 편의점 있는데요. 거기서 바꾸면 되잖아요."

"반대편 차선이잖아."

"걸어가면 되죠."

"아, 자식이! 비 맞잖아."

소나타 운전자가 들고 있는 10,000원짜리 당첨 복권에 욕심이 있었지만, 양아치라는 생각에 일부러 시비를 걸었다.

'꿈이 맞는다면 저놈은 마누라와 자기 자식을 패는 생양아치야.'

약자에게 폭력을 행사하는 놈들을 인간쓰레기라고 정의하고, 그에 대한 증오심이 피어오르는 안재수였다.

"할 거야, 말 거야? 하기 싫으면 나도 그만이다."

'설마 저 편의점에서 사는 복권이 당첨되는 건가?'

소나타 운전자의 이어진 말에, 안재수는 마지막으로 즉석복권 당첨에 대한 희망을 이어 가기로 했다.

'니 행운은 내가 가져가마.'

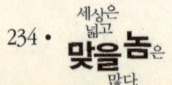

"여기요."

10,000원을 꺼내 즉석복권과 교환하자 소나타 운전자는 흡족하게 웃었다.

"자식이, 진즉에 그럴 것이지. 하여간에 요즘 애새끼들은 운동 좀 하면 간이 배 밖으로 나와."

소나타 운전자가 안재수를 함부로 하지 못한 것은 덩치가 있어 보여 겁을 먹었기 때문이다.

"이거나 먹어라."

소나타 운전자는 가운뎃손가락을 밖으로 내보이고는 차를 출발시켰다.

"진짜 양아치였네."

안재수는 혀를 차며 편의점으로 걸어갔다.

"계산해 주세요. 이것도 좀 바꿔 주시고요."

컵라면을 사면서 즉석복권도 교환하고 창가에 앉았다.

"끼니도 거르고, 뭔 짓을 하는지."

오늘 하루는 아무것도 먹지 못했다.

외삼촌은 술과 약에 취해 일어날 줄을 몰랐고, 엄마는 화가 나서 나가 버렸다. 라면이 있었지만 안재수는 분한 마음에 먹지 않았다.

"라면 익는 동안 한번 긁어 봐야지."

꿈이 맞는다면 횡재의 순간이 될 수도 있기에 다시 긴장

꿈은 현실이 되어 • 235

했다.

북북북.

마음먹고 긁었지만 연속으로 꽝이었다.

"이게 마지막인데. 하아! 과연 될까?"

이미 의욕은 비를 맞는 불꽃처럼 사그라지고 있었지만, 혹시나 하는 마음으로 긁었다.

"딜러 카드 8. 하하하! 확률 떨어지는 소리가 나네."

8보다 높은 숫자는 9 하나였다. 당첨 가능성이 더욱 줄어든 것이다.

"끝까지 가 보자."

다시 긁었다.

"당첨금 5억 원. 휴! 꽝이 되더라도 5억 원이라는 글자를 보니 기분은 좋네."

편의점에서 교환한 즉석복권은 당첨금도 많아 봐야 천만 원이었다. 5억 원은 처음이었다.

"자, 한 방에 긁자."

3개의 숫자 중에 8 이상의 숫자가 나오면 당첨이었다.

안재수는 거의 포기한 채 행운 숫자에 기대를 걸었다.

"행운 숫자라도 맞혀서 2만 원을 보충하면 좋겠다."

외삼촌의 지갑에 손을 댄 것이 계속 마음에 걸렸다.

주욱.

안재수는 힘을 주어 동전을 일직선으로 그었다.

"헉! 이거 혹시?"

3개의 숫자 중에 중간에 있는 숫자가 동그라미였다.

즉, 8 아니면 9였다. 만약에 8이면 꽝이고, 9라면······. 이야기는 달라진다.

"설마······."

안재수는 눈을 감고 마구 복권을 긁어 댔다. 그리고 천천히 눈을 떴다.

샤라라라!

펑펑펑!

눈앞에서 폭죽이 터지고, 음악이 흘러나왔다. 그리고 눈물이 주르륵 흘렀다.

"5억 원."

안재수는 중얼거렸다. 다행히 편의점에는 카운터에 앉아서 졸고 있는 알바생뿐이었다. 아무도 듣지 못했다.

"하하하! 후후후! 흑흑흑!"

혼자서 감상에 젖었다. 그리고 오랜 시간 끝에 정신이 들자 컵라면이 눈에 들어왔다.

"먹자."

안재수는 통통 불어 버린 컵라면을 꾸역꾸역 먹었다.

"이렇게 맛있는 라면, 아니 음식은 처음이야."

통통 불어 우동 면발보다 굵어진 컵라면의 맛을 아는가. 정말 배가 고프지 않으면 버린다. 하지만 지금의 안재수에게는 천상의 음식이었다.

"맛있다."

컵라면을 다 먹고 휴지통에 버렸다. 그러고는 즉석복권을 품에 안고 편의점으로 다시 들어갔다.

"비에 젖으면 안 돼."

혹시라도 즉석복권이 비에 젖을까 두려워 안재수는 외삼촌의 지갑에서 돈을 꺼내 우산을 샀다.

"랄랄라!"

세상이 달라 보였다.

마법서를 얻었던 것보다 더 기뻤다. 라이트닝을 구사하고 악당들을 물리치는 것보다 더 통쾌했다.

"나는 행복합니다. 나는 행복합니다. 정말 정말 행복합니다."

안재수의 노란 우산이 경쾌하게 거리를 휩쓸었다.

밤을 새웠다. 엄마가 어제의 일로 야단을 치고, 등짝을 또 때렸다.

외삼촌이 미안하다고 생선회를 사 주었다.

하지만 다른 세상의 일이었다. 안재수는 즉석복권을 품에 안은 채 행복하기만 했다.

'ㅎㅎㅎ! 이 돈으로 뭘 할지 결정했다.'

안재수는 5억 원으로 무엇을 할지 고민했고, 곧 결정을 내렸다.

'외삼촌이 배를 두 번 더 타야 5층짜리 빌딩을 살 수 있다고 했지. 외삼촌, 한 번만 더 타면 돼. 내가 돈을 보태 줄게.'

가족들을 위해서 돈을 묶어 두기로 한 것이다.

'상상하는 것만으로도 기분이 너무 좋아. 이래서 어른들이 돈, 돈 하는 건가 봐.'

안재수가 실실 웃으며 엄마에게 안겼다.

"엄마, 우리 잘살 거야."

"얘가 갑자기 왜 이래."

엄마는 징그럽다고 말하면서도 안재수를 껴안았다.

"네가 잘되면 나도 잘되는 거야. 그러니까 한눈팔지 말고 공부 열심히 해."

엄마는 기승전공부였다. 그런데 그 말이 오늘따라 왜 이렇게 정감이 가는지 몰랐다.

"알았어. 공부 열심히 할게. 우리 다 같이 행복하게 살자."

안재수는 또 다른 세상을 보고 있었다.

제9장

동네 양아치들

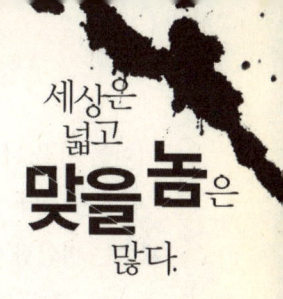

 입학식까지 따라간다고 큰소리치던 외삼촌이 출항이 당겨졌다며 급히 가 버리자 엄마는 부쩍 외로움을 탔다.
 최소한 열흘 이상은 함께 있을 줄 알았던 외삼촌의 부재가 컸던 것이다.
"엄마, 저녁에 우리 외식할까?"
 안재수는 나름대로 엄마를 챙겨 주고 싶어서 전화를 했다.
 (아들, 이번 달에 외식 너무 많이 했어. 그리고 알고 있겠지만 엄마 직업이 식당 주인이야.)
 안재수는 멋쩍어서 머리를 긁었다.
"그렇기는 하지만……."

(아들 마음 다 알아. 그래서 고마워.)

엄마는 저녁 장사 준비를 해야 한다며 전화를 끊었고, 안재수는 미안한 마음만 남았다.

"내가 잘되어야 해. 그래야 엄마가 고생하는 걸 끝낼 수가 있어."

그때 휴대폰이 울렸다.

(어이, 쫄따.)

다시는 듣고 싶지 않은 목소리 중 하나였다.

(경도가 전하란다. 내일 최성태 의원이 양로원 봉사활동 하는데 젊은이들이 필요하단다. 아침 9시까지 청춘양로원으로 와라. 위치는 알지?)

안다. 버스로 두 정거장밖에 안 되는 거리였다.

"학교 가는 준비 때문에 시간이 없다. 미안하지만 못 간다고 전해라."

(풋! 뭐라고? 다시 말해 봐.)

스마트폰을 통해 비웃는 것이 느껴졌다.

"시간이 없어."

(우와! 며칠 안 보는 사이에 졸라 많이 컸네, 쫄따.)

안재수가 한숨을 쉬며 말했다.

"내 이름은 쫄따가 아니라 안재수다, 김진."

김진.

최경도의 잔심부름을 도맡아 하는 놈이었다.

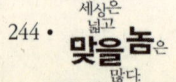

(와! 쩌네. 야, 하나만 물어보자.)

"그래, 물어봐."

(죽고 싶냐?)

"초등학생 같은 질문은 사양한다."

(이 씨XX이! 야, 졸업했다고 우리가 안 볼 것 같냐? 개XX가 간이 배 밖으로 나왔네.)

가소로웠다.

"끊어라. 나 바쁘다."

(오라면 오고 가라면 가는 거지, 어디서 말대꾸야!)

'말로 해서는 안 되는구나.'

안재수는 전화를 끊어 버렸다.

"병신들. 언제까지 최경도의 쫄따구로 살려고."

계속해서 벨이 울렸지만 무시했다.

"아예 전화번호를 바꿔 버리자."

안재수는 경명대로 가기 전에 스마트폰 번호를 변경하기로 결심하고, 통신사 홈페이지에 접속했다.

"참, 폰 볼륨 버튼 작동이 잘 안 되는데 A/S를 받을까? 학교 가기 전에 해결을 하는 게 낫겠다."

안재수는 인터넷으로 A/S센터 위치를 파악한 후에 외출을 했다.

A/S센터는 지하철역 근처 빌딩에 입주해 있었고, 통신사

도 바로 옆 빌딩에 있어 한 번에 해결할 수가 있었다.

"다행히 0724가 남아 있었네. 폰 개통할 때는 없었는데."

0724는 안재수에게 의미가 있는 번호였다. 세상에서 가장 소중한 엄마의 음력 생일 날짜였다. 원하는 번호로 바꿀 수 있어 안재수는 기분이 좋았다.

"이틀 후면 여기를 떠난다고 생각하니 왠지 아쉽네. 별다른 추억은 없지만."

퇴근 시간이 가까워지며 어느새 주위가 어두워지자 네온사인이 밝아졌다.

도시는 어둠을 허용하지 않는다. 낮에는 해가, 밤에는 온갖 종류의 조명들이 세상을 밝히고, 그 아래에서 사람들이 살아간다.

쉴 틈 없이 바쁘게 돌아가는 세상을 만들기 위해 도시는 어둠을 허용하지 않는다.

"불경기라면서도 술 마시는 사람들은 많네."

천천히 걸어가며 사람 구경, 거리 구경을 하다 보니 어느새 거리는 사람들로 북적였다. 직장인들은 삼삼오오 모여 술집으로 직행했고, 패션에 한껏 신경을 쓴 20대 남녀들은 약속 장소를 찾았다.

"한잔하고 싶어지네."

친구들이라도 있었으면 송별회를 한다고 거리를 활보하며 인파에 합류했을지도 모른다. 하지만 언제나 그랬던 것처럼 혼자였고, 그래서 더 쓸쓸했다.

"영화나 한 편 때릴까."

이상하게 일찍 집으로 들어가기가 싫었다. 마법서를 읽기도 싫고, 게임을 하기도 싫었다.

"그래, 영화라도 보자."

안재수는 근처 멀티플렉스로 들어가서 아무 생각 없이 볼 수 있는 영화를 골랐다.

안재수는 아이언맨 가면을 들고 멀티플렉스를 나왔다.

"어벤져스 중에 캡틴 아메리카가 인간적인 히어로라서 가장 마음에 드는데, 아이언맨 가면이 당첨됐네."

그는 아이언맨 가면을 보며 히죽 웃었다.

"기념으로 내 방에 걸어 놓자."

영화를 보면 기분 전환이 될 줄 알았는데 별다른 변화가 없었다. 재미있기는 했지만 너무 허황된 이야기라서 그런지 기분이 좋아지진 않았다.

"차라리 술이라도 한 잔 마실까? 혼자 마시는 술맛을 알게 되면 남자가 되는 거라고 외삼촌이 그랬는데."

오늘따라 유난히 술이 먹고 싶었다.

술을 싫어하는 건 아니지만 술집에서 혼자 술을 마신다는 건 상상도 해 보지 않았다.

심야의 아파트 놀이터에서 소주를 홀짝거린 적은 여러

동네 양아치들 • 247

번 있었지만.

"놀이터에 가서 마시는 건……. 그건 아니다. 이제 그런 찌질함과는 이별이야."

안재수는 거리에 쭉 늘어서 있는 술집들을 구경하며 고르기 시작했다.

"여기는 사람이 너무 많아. 번잡해. 음, 여기는 왜 이리 텅 비어 있는 거야? 뭔가 이유가 있겠지. 통과. 그리고 여기는 전부 연인들이잖아. 노노노!"

그렇게 한참을 돌아다니다가 마음에 드는 곳을 발견하고 용기를 내서 들어갔다.

"여기 반반하고, 500 한 잔 주세요."

결국 고르고 골라서 들어간 술집이 치킨집이었다.

"아, 잘 먹었다. 유느님이 광고하는 치킨이라서 꼭 한 번 먹고 싶었는데 역시 맛있네. 유느님은 절대 우리를 배신하지 않으셔."

구석진 자리에서 치킨 한 마리와 생맥주 3잔을 해치우자 기분이 조금 좋아졌다.

"2차 갈까?"

알코올이 들어가자 조금 더 마시고 싶었다. 외삼촌이 2차, 3차를 외치는 기분을 이해할 수 있을 것 같았다.

그렇게 고민을 하는데 벨 소리가 울렸다. 휴대폰 번호가 바뀐 것을 문자를 통해 알고 있던 엄마였다.

"엄마."

(아들, 뭐 해? 아직 안 들어오고.)

"술 한잔하고 있어."

(그래? 누구랑? 친구?)

혼자 마시고 있다는 말을 할 수가 없었다. 20살밖에 안 된 아들이 혼자 술을 마시고 있다고 하면 엄마의 기분이 어떨까.

"어. 중학교 친구들이랑 송별회하고 있어."

거짓말이 술술 튀어나왔다.

"갑자기 전화가 왔지 뭐야. 내가 지방에 내려간다는 걸 어떻게 알았는지 한잔하자고 하도 졸라서. 하하하!"

(오늘 늦겠네?)

슬쩍 시간을 확인하니 10시가 넘어가고 있었다.

"다들 2차 가자고 해서 중간에 빠지기가 뭐해. 한 잔 더 하고 들어갈게. 기다리지 마."

(너무 늦지는 마. 엄마 먼저 잘게. 내일 새벽에 시장 보러 가야 돼.)

"먼저 주무세요."

전화를 끊자마자 안재수는 후회를 했다.

"내가 미쳤지. 왜 거짓말을 했을까. 지금 들어간다고 하면 될 걸."

하지만 엄마와 통화를 하자 왜 갑자기 쓸쓸해지고, 술이 먹고 싶었는지 그 이유를 알 것 같았다.

"애인이 없어서도 아니고, 이 거리와 정이 들어서도 아니었어. 엄마와 헤어지는 게 두렵고 아쉬웠기 때문이야."

엄마의 목소리를 들은 것만으로 안재수는 마음이 편안해졌다.

"바로 들어가기는 뭐하니까, 우리 동네 편의점에서 캔 맥주 하나 마시고 들어가자. 그럼 2차지."

발걸음이 가벼워졌다.

✦ ✦ ✦

멀리서 경찰차 사이렌 소리가 들렸다.

"어디 사고라도 났나?"

가로등 불빛만 켜져 있는 인적 없는 길을 걸었다.

"조심들 하지. 이 좁은 길을 차들이 쌩쌩 달리니까 사고가 날 수밖에."

집은 없어도 차는 있어야 되는 시절이었다.

"오포시대에도 차는 포기를 못한다는데, 왜 그러는지 몰라."

아직 운전면허도 없지만 굳이 따고 싶은 생각도 없었다. 차는 안재수가 정한 우선순위에서 한참 밀려 있었다.

"편의점에서 캔 맥주 하나 마시고 들어가면 대충 11시

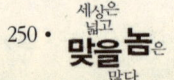

는 되겠지?"

안재수는 스마트폰으로 시계를 보며 골목길을 돌다가, 모퉁이에서 뛰어나오는 사람과 충돌했다.

쿵!

"악!"

안재수와 어깨를 부딪친 남자가 옆으로 구른 뒤 벌떡 일어났다.

"씨X! 뭐야."

"죄송합니다."

안재수는 어깨가 얼얼했지만 별 이상은 없었다.

"이 새끼가 눈깔을 어디에 두고 다녀!"

주먹을 날리려던 남자가 갑자기 어깨를 감싸며 인상을 썼다.

"창수야, 괜찮아?"

뒤이어 뛰어온 남자는 다친 친구를 부축하지도 않고 다급하게 물었다.

"시간 없어. 어서 가자. 애들 기다려."

"이 개XX! 오늘 재수 좋은 줄 알아."

두 남자는 뒤도 돌아보지 않고 뛰어갔다.

"쌍방과실 아닌가? 왜 욕을 하고 그래."

기분 같아서는 라이트닝이라도 한 방 먹이고 싶었지만, 상대가 어깨를 제법 심하게 다친 것 같아 그냥 두었다.

동네 양아치들 • 251

"어? 휴대폰!"

부딪치면서 남자가 스마트폰을 떨어뜨린 것 같았다.

"찾아 줘야 하나?"

휴대폰을 들고 뛰어갔지만 두 사람은 이미 사라지고 없었다.

"어지간히도 급했나 보네. 기다리면 전화가 오겠지."

안재수는 휴대폰을 주머니에 넣었다.

편의점 앞에 사람들이 잔뜩 모여서 웅성거리고 있었고, 경찰차도 보였다.

"뭐지?"

안재수는 편의점 앞으로 달려갔다.

"무슨 일이에요?"

안면이 있는 아파트 상가 사람들이 여럿 보였다.

"편의점에 강도가 들었어."

"강도가요?"

주공아파트 단지와 근처 빌라 단지에 거주하는 사람들이 많아, 자정까지도 지나다니는 사람들이 제법 되었다. 그런데 이 시간에 강도라니. 느낌이 좋지 않았다.

"알바 말로는 칼을 든 젊은 남자 2명이 들이닥쳐서 현금하고 즉석복권 같은 돈 되는 걸 싹 쓸어 갔대."

"터는 데 몇 분 걸리지도 않았다는 걸 보면 계획된 게 분명해."

 동네 사람들이 수군거리는 말을 들으며 안재수는 경찰을 주시했다.

 경찰은 덜덜 떨고 있는 알바에게 계속 질문을 던지며 범행 현장을 살피고 있었다.

 "키가 180 정도라는 말이지?"

 "네. 한 명은 조금 작았습니다."

 "얼굴은 정말 못 봤어?"

 "파란색 마스크를 하고, MLB 모자를 깊게 눌러쓰고 있어서……."

 "김 순경, 여기 CCTV 확보해."

 "저기… 가게 CCTV는 고장이 났습니다."

 알바가 죄를 지은 것처럼 말하자 조사하던 경찰이 화를 버럭 냈다.

 "뭐야? 너 혹시……."

 경찰이 수상하게 쳐다보자 알바가 겁에 질려 허둥댔다.

 "제가 그런 거 아닙니다. CCTV가 고장 난 건 일주일이 넘었습니다."

 "왜 안 고친 거야?"

 "우리들이 몇 번이나 말씀드렸는데 사장님이 차일피일 미루셨어요. 사장님께 물어보세요."

 "사장님 어디 있어?"

"지금 오고 계십니다."

동네 사람들이 혀를 차며 수군거렸다.

"짠돌이가 돈 몇 푼 아끼려다가 범인도 못 잡게 됐어."

안재수는 알바의 증언을 듣자 번뜩 떠오르는 사람들이 있었다.

'아까 나하고 부딪친 그놈이 MLB 모자를 쓰고 있었고, 키가 180 정도야.'

카키색 점퍼에 카고 바지를 입고 있었다는 증언도 모두 일치했다.

'경찰에게 스마트폰을 주면서 이야기해야겠다.'

안재수가 경찰에게 다가갈 때, 통장 아저씨가 나와서 고함을 질렀다.

"그놈들이 틀림없어. 우리 동네에서 계속 일어난 사건들의 범인이 여기도 턴 거야."

"통장님, 왜 그러십니까?"

경찰들이 말렸지만 통장 아저씨는 더 방방 뛰며 고함을 질렀다.

"내가 사건이 터질 때마다 지구대에 찾아가서 말했지. 그놈들이 더 큰 범죄를 저지르기 전에 잡으라고! 결국 내 말대로 되었잖아!"

동네에서 강력 사건들이 발생했다는 말은 처음 들었다.

"피해자들의 진술에 따르면 동일범들이 아니었어요. 여

기 편의점 강도들도 다른 놈들이라고요."

"그럼 같은 패거리들이겠지. 새끼들이 영화 보고 흉내를 내는 거야. 갱단 같은 거 말이야."

경찰에게 다가가던 안재수가 멈칫거렸다.

'패거리들? 아까 그놈이 그랬어. 애들이 기다리고 있다고.'

"참 나! 김 순경, 통장님 모시고 얼른 가."

"내가 왜 가? 그놈들이 여자들만 골라서 범행을 저지르다가 이제는 떼강도가 된 거라고!"

젊은 순경이 고래고래 고함을 지르는 통장을 달래느라 곤욕을 치르고 있었다.

'범행 대상들이 전부 여자였단 말이지.'

안재수는 여자들만 골라 범행을 저질렀다는 통장 아저씨의 말에 엄마가 떠올랐다.

'엄마도 식당 마치고 밤늦게 귀가하는데.'

엄마도 범행 대상이 될 수 있다는 생각이 들자 안재수는 몸을 돌렸다.

'그런 놈들은 잡혀 봤자 얼마 살지도 않고 나와. 그럼 다시 여기에 와서 보복 범행을 할 수도 있어.'

TV 뉴스와 인터넷 기사에서 여러 번 봤다. 보복 범행이 얼마나 잔인한지를.

'내가 잡아서 응징한다.'

경찰이 되고 싶지만, 지금은 경찰에게 엄마의 안위를 맡기고 싶지 않았다.

'그놈들은 분명히 스마트폰을 찾으러 온다.'

안재수는 놈의 스마트폰을 들고 충돌을 했던 곳으로 되돌아갔다.

"아, 씨X! 여기서 그 새끼하고 부딪치면서 떨어뜨린 것 같은데."

MLB 모자를 쓰고 있는 놈이 한쪽 팔을 제대로 들지도 못한 채 길바닥을 샅샅이 뒤졌다.

"야, 혹시 편의점에서 떨어뜨린 건 아니지?"

"씨X! 그랬으면 좋겠냐?"

"쭉 훑고 왔는데 여기에도 없으니까 그러지."

"그래서 전화도 못 걸어 보잖아. 폰이 포돌이 손에 있으면 우린 X 되는 거라고."

"야, 계속 가 보자."

"편의점이 가까워지는데."

두 놈은 역방향으로 걸어가며 길바닥을 훑었다. 그런데 그때 기다란 그림자가 앞에 나타났다.

"뭐, 뭐야?"

혹시 경찰이 아닌가 싶어서 놀랐던 두 놈이 한숨을 쉬었다.

"이거 미친놈이잖아. 아이언맨 가면을 쓰고 뭔 지랄이야."

"씨X! 맞기 전에 꺼져라."

두 놈은 아이언맨 가면을 쓰고 있는 안재수를 돌아이 취급했다.

"혹시 이거 찾아?"

안재수가 놈의 스마트폰을 꺼내서 흔들었다.

"내 폰을 왜 니가 가지고 있는 거야?"

"이리 내놔."

두 놈이 휴대폰을 빼앗으려고 덤벼들자 안재수가 주문을 외웠다.

"슬로우."

늑대처럼 달려들던 두 놈이 슬로우 모션으로 다가왔다.

"헤이스트."

안재수는 번개처럼 다가가서 뺨을 때리고 자리로 돌아왔다. 뺨을 얻어맞은 두 놈은 어안이 벙벙해졌다.

"지금 우리가 맞은 거야?"

"저 미친놈이!"

상황 파악이 안 되고 있었다. 두 놈은 믿을 수가 없어 전력을 다해 안재수를 덮쳤다.

"죽었어! 새꺄!"

안재수가 한 번 더 슬로우를 걸고 헤이스트로 다가가 놈들의 뺨을 있는 힘껏 때렸다.

짝짝!

찰진 소리와 함께 두 놈의 뺨이 빨개지며 부풀어 올랐다.

"어어어?"

"뭐, 뭐야?"

두 놈은 여전히 상황 파악이 안 되었지만 겁을 집어먹기 시작했다. 두 번이나 아무런 기척도 없이 얻어맞자 안재수의 존재가 두려워진 것이다.

'고양이가 아니라 사람에게 시험을 해 보자. 이런 좋은 기회는 없어.'

안재수가 손가락을 까딱거리며 놀렸다.

"이런! 겁을 먹은 건 아니겠지. 덩치도 좋은 분들이 나 따위에게 겁을 집어먹었다면 꼴이 우습지. 자, 덤벼."

두 놈은 놀리는 말에 화가 폭발했다.

"이 새끼가! 넌 죽었어."

"배때기를 쑤셔 버린다."

두 놈은 점퍼 주머니에서 잭나이프를 꺼내 휘둘렀다.

"슬로우."

안재수의 주문에 두 놈은 슬로우 모션으로 잭나이프를 휘둘렀다.

'하나, 둘, 셋… 열.'

주문이 풀린 두 놈이 미친 듯이 잭나이프를 휘두르자 안재수는 헤이스트로 피했다.

"이번에는 좀 더 강력하게 슬로우."

두 놈은 다시 슬로우 모션으로 잭나이프를 휘두르며 다가왔다.

'…열다섯.'

두 놈은 호흡이 가빠진 채 안재수를 노려보았다.

'저 새끼! 왜 이렇게 빨라!'

제 놈들이 느려 터졌다는 것을 인식하지 못하고 있었다.

'사람에게는 15초가 최대치구나.'

시험을 끝낸 안재수가 물어보았다.

"너희들이 편의점을 털었지?"

눈에 띄게 당황했다.

"무슨 말이야?"

"이 새끼가 진짜 죽고 싶어서 환장을 했구나!"

두 놈이 미친 듯이 달려가며 잭나이프를 그어 댔지만, 안재수는 헤이스트 마법으로 멀찌감치 피했다.

"헉헉헉! 저놈 정체가 뭐야!"

"씨X! 내가 어떻게 알아."

"개XX! 나한테 왜 지랄이야."

"아! 몰라. 한 가지 확실한 건 저 새끼를 죽여야 한다는 거야."

서로 눈을 마주친 두 놈은 안재수의 좌우로 갈라지며 슬

동네 양아치들 • 259

슬 다가갔다. 딴에는 머리를 굴려 효과적인 공격을 시도하는 것이다.

"죽어!"

두 놈이 잭나이프를 휘두르며 공격을 하자 안재수는 웃으며 라이트닝을 날렸다.

지지직!

두 놈은 전기구이 통닭처럼 노릇하게 구워진 채 쓰러졌다.

주택들이 붙어 있는 구석진 골목 끝으로 두 놈이 걸어갔다.

"거기 서."

안재수의 한마디에 두 놈이 급정거를 했다.

"여기 맞아?"

"네. 여기가 맞습니다."

안재수가 인상을 찌푸리며 말했다.

"내가 너희들 선생님도 아닌데 존댓말 쓰지 마. 편하게 말해."

두 놈이 눈치를 보다가 입을 떼었다.

"여기 맞아."

"어떤 집이야?"

"저기 1층에 셔터가 내려져 있는 집 지하에 애들이 있어."

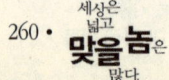

"주공 근처에서 사건, 사고를 일으킨 놈들이 모여 있다는 말이지?"

그는 잠시 멈칫거리다가 안재수가 째려보자 고개를 끄떡였다.

"맞아."

"몇 놈이야?"

"우리 빼고 8명."

많다. 아직까지 그렇게 많은 수를 상대로 싸워 본 적이 없다.

"몇 놈 안 되네."

큰소리를 치고는 머릿속으로 어떻게 싸울지 계산했다.

'대충 그렇게 하면 되겠네. 해 볼 만해.'

마법에 대한 믿음이 안재수를 완전히 바꾸어 놓았다.

"가자."

두 놈은 골목 끝에 있는 낡은 3층짜리 건물의 지하로 들어간 뒤 문고리를 잡았다.

'들어가자마자 고함을 질러.'

'얘들이 저 새끼를 잡으면 그때 처절하게 밟아 주자.'

두 놈은 눈빛으로 짧은 대화를 나누고 문을 확 열어젖혔다.

"야, 이 새… 컥!"

"악!"

음모를 꾸민 두 놈은 안재수의 발길질에 앞으로 고꾸라진 채 버둥거렸다.

"뭐야?"

20평짜리 지하실은 난장판이었다. 담배 연기가 안개처럼 퍼져 있었고, 빈 술병과 온갖 쓰레기들이 널려 있었다.

"저 새끼들 왜 저래?"

두 놈이 쓰러지는 모습을 보고 양아치들이 난리를 쳤다.

"저놈은 또 뭐야? 아이언맨 가면을 쓰고 지랄이야."

"또라이 아냐?"

"씨XX아! 니가 그랬냐?"

안재수가 지하실 안으로 들어가며 이죽거렸다.

"완전 양아치 소굴이네."

8명과 직접 마주하자 떨렸지만 안재수는 티를 내지 않았다.

'별거 아냐. 내게는 마법이 있어.'

제각각으로 생겨 먹은 놈들이지만 공통점이 있었다. 죄의식이 전혀 없고, 폭력을 행사하는 데도 거리낌이 없어 보인다는 것이다.

'박멸해야 돼.'

이를 악무는데, 구석에서 벌벌 떨고 있는 남자가 보였다. 한눈에 봐도 양아치들에게 끌려온 불쌍한 사람이었다.

'거기랑 비슷하네.'

더러운 지하실을 둘러보다 안재수는 아픈 기억 하나가 떠올랐다. 그렇게 잊어버리려고 노력했던 기억이.

"박아."

안재수는 자동적으로 더러운 바닥에 머리를 박았다.

"조X! 학주 그 새끼 미친 거 아냐? 갑자기 가방 검사를 왜 하는 거야."

"나는 완전 다 털렸어."

"학주, 앞으로 밤길 조심해야 할 거다."

최경도 패거리들이 한국여고 일진들과 술을 마시며 학주 욕을 하는 동안, 안재수는 부들부들 떨며 머리를 박고 있었다.

"떨지 마. 지진 일어난 줄 알겠다."

"호호호! 오빠, 완전 쩐다."

"흐흐흐! 내가 한국고 개그맨이야."

두 연놈은 입을 맞추고 난리를 쳤다.

"야, 친구가 머리 박고 있는데 그런 짓을 하고 싶냐."

최경도가 술을 마시다 일어나며 안재수의 등을 어루만졌다.

"얼마나 힘이 들면 온몸이 휴대폰 진동 모드다."

"크크크! 니가 짱 먹어라."

"경도 오빠, 유머 덕후 같아. 호호호!"

최경도가 웃으며 말했다.

"기상."

안재수가 비틀거리며 일어나서 차렷 자세를 했다.

"자식이, 이제는 알아서 자동인데. 좋은 현상이야."

아지트가 웃음소리로 가득 찼다.

"내가 하나 물어보는데, 진심으로 대답해라."

"네."

"네가 학주에게 찔렀어? 가방 검사하라고?"

최경도 패거리들은 안재수가 감히 그런 일을 저지르지 않았다는 것을 알고 있었다. 학주에게 당한 걸 안재수에게 풀고 있는 것이다.

"아닙니다."

"그래? 음, 믿어야 하나?"

"제가 절대 그러지 않았습니다."

"우리 친구가 하는 말이니까 믿어야겠지?"

패거리들이 음흉하게 웃었다.

"재수야, 그럼 우리가 믿게끔 만들어 줘야지?"

"당연하지. 우리를 이해시키려면 증거를 보여."

"어떻게… 요?"

최경도가 눈짓을 하자 2인자로 군림하는 김무송이 2리터짜리 빈 페트병을 들고 왔다.

"김진, 오줌 좀 싸라."

"왜 나야?"

"그럼 내가 하리?"

김진이 페트병을 들고 소변을 받으러 가려고 하자 최경도가 손을 들어 제지했다.

"남자 오줌은 맛이 없어. 모태 솔로인 우리 재수에게는 여자 오줌이 필요해."

"푸하하하!"

"깔깔깔!"

웃음바다가 되는 순간, 매미처럼 최경도에게 붙어 있던 여자가 배시시 웃었다.

"내가 제일 예쁘니까 내가 할게."

"오! 나경미!"

"역시 한국여고 짱이야."

남자들의 응원을 받은 나경미가 페트병을 들고 소파 뒤로 향했다.

"소리 좋다."

남자들은 음란 마귀를 영접하고 있었다.

"자, 여기."

김진이 페트병을 받아서 안재수에게 건네며 웃었다.

"따뜻해서 좋아. 원샷이 가능하겠어."

안재수는 얼굴빛이 흙색이 되었다.

"이걸 마시라고……?"

최경도가 등을 어루만지며 속삭였다.

"한국여고 최고의 미인이 주는 하사품이야."

웃음을 억지로 참은 그가 달래듯 말했다.
"이걸 마셔야 우리가 너를 믿어."
안재수가 페트병을 들고 머뭇거리자 패거리들이 노려보며 윽박을 질렀다.
"한 방울이라도 남기면 네가 학주에게 찌른 거야."
억지도 이런 억지가 없었지만, 거부하면 그다음에 어떤 상황이 벌어질지 너무나 잘 알고 있었다.
'엄마……'
안재수는 숨을 참고는 오줌을 마셨다.
"윽!"
첫 모금부터 토할 것 같았다.
"토하면 넌 죽어."
안재수는 눈물을 흘리며 그것을 삼켰다.
"하하하! 병신."
"너무 웃겨. 깔깔깔!"
그리고 그는 정신이 혼미해지는 것을 느끼며 쓰러졌다.

✦ ✦ ✦

'최경도 패거리들과 똑같아.'
피가 끓어오르며 지난 기억들이 떠올랐다.
비가 와서 기분이 안 좋다고 폭력을 행사하고, 정기적으로 돈을 상납시켰다.

 빵 셔틀을 시키고는 누가 먼저 오나 내기를 한 뒤, 늦으면 무지막지한 폭력이 뒤따랐다.

 여친에게 선물한다고 도둑질을 시켰고, 일일클럽 티켓을 강매했다. 술에 취해 여자들 앞에서 바지를 벗겨 엉덩이로 이름을 쓰게 만들었다.

 '이 새끼들도 그놈들과 똑같은 놈들이야. 다시는 그런 짓을 못하게 만들어야 돼.'

 살기가 무럭무럭 피어올랐다.

 "밟아 주마."

 어느새 두려움은 먼 나라 이야기가 되어 버렸다.

 "라이트닝."

 마나가 꿈틀거리며 전신으로 퍼져 나갔다.

 번쩍!

 지하실에 라이트닝 볼트가 퍼졌다.

 찌지지지직!

 "아악!"

 비명 소리가 귀를 울렸지만 지금 안재수에게 자비심 따위는 없었다.

세상은 넓고 **맞을 놈**은 많다.

"라이트닝."

연이어 라이트닝이 펼쳐졌고, 지하실은 온통 파란빛으로 물들었다.

"크아아악!"

안재수는 한 놈 한 놈에게 직접 라이트닝을 날리며 돌아다녔다.

"뭐야!"

몇 놈이 비틀거리면서도 악에 받쳐 잭나이프를 꺼냈다.

"칼로 흥한 자, 칼로 망한다."

안재수가 주문을 외웠다.

"슬로우."

놈들이 슬로우 모션으로 발악을 하자 안재수는 거침없이 하이킥을 날렸다.

퍽퍽퍽!

차례대로 놈들이 쓰러졌다.

"아직 멀었어."

다시는 약한 사람들을 대상으로 폭력을 행사하지 못하게 만들고 싶었다.

"다리 하나는 기본."

덤비는 놈들에게 라이트닝을 선사하고, 넘쳐나는 힘으로 다리를 부러뜨렸다.

빡!

뼈 부러지는 소리를 제 귀로 들으며 놈들은 비명을 질렀다.

"악!"

"남 아픈 건 모르면서 지가 아픈 건 잘도 아네."

살기로 가득한 안재수는 거침이 없었다. 뼈 부러지는 소리가 지하실을 울리고 난 후에야 잠시 쉬었다.

"다음은 어깨. 숟가락 드는 것도 아까워."

안재수가 다가가자 이미 다리가 부러진 놈들은 극심한 고통 속에서도 겁을 먹고 다리를 질질 끌며 도망을 쳤다.

"살려 줘."

"죽이지는 않아. 다만······."

안재수가 놈들을 노려보며 스산하게 말했다.

"다시는 나쁜 짓을 못하게 만들어 줄게. 그게 너희들의 미래를 위해서도 나아."

최경도 패거리들의 악행이 머릿속을 떠돌았다.

"너희는 바퀴벌레보다 못한 놈들이니까."

안재수의 눈이 붉게 변했다.

빠직!

어깨뼈가 박살이 났다.

"아악!"

처절한 고통이 비명으로 튀어나왔다.

안재수는 멈추지 않고 한 놈 한 놈 차례로 어깨를 확실하게 아작 냈다.

"악!"

마지막 놈의 비명 소리를 들으며 안재수는 지하실의 입구로 몸을 돌렸다.

"도망가야 돼."

친절하게 여기까지 안내해 준 두 놈이 지하실을 빠져나가고 있었다.

"슬로우."

두 놈은 거북이처럼 기며 계단을 올라갔다.

"이대로 가면 안 되지. 친구들이 기다리잖아."

"헉!"

두 놈은 너무 놀라 손을 헛짚고는 계단을 굴렀다.
우당탕탕!
안재수는 계단 밑으로 떨어진 두 놈을 내려다보았다.
"친구잖아. 함께해야지."
"아니, 우리는 친구가 아니고."
빠직!
어깨가 박살이 났다.
"제발 살려 주세요."
"죽이지는 않아."
뚝.
다리도 부러지자 두 놈은 고통을 이기지 못하고 게거품을 문 채 기절했다.
"이놈들… 죽이고 싶다."
지하실에 뻗어 있는 놈들을 보자 화가 풀리지 않아 살기가 뻗어 나갔다.
"제발 살려 주세요."
지하실 구석에서 벌벌 떨던 남자가 무릎으로 기어 나오며 사정을 했다.
"저는 이 사람들과 한 패거리가 아니에요. 돈이 없다고 끌려왔을 뿐입니다. 흑흑흑!"
"그게 아니고……."
'그래, 이 사람은 얼마나 무서웠을까.'

겁에 질려 떨고 있는 남자를 보자 안재수의 마음이 진정되었다.

"이놈들에게 뺏긴 건 없어요?"

"가진 돈이 없어서 뺏긴 건 없습니다."

"가세요."

남자의 모습에 자신의 예전 모습이 투영되었다.

"네? 가도 되나요?"

"대신 오늘 일은 잊으세요. 약속할 수 있어요?"

"물론입니다. 약속을 어기면 저를 죽이셔도 됩니다."

겁에 질려 있는 남자를 보며 안재수는 피식 웃었다.

'나도 저랬지.'

안재수는 무릎을 꿇고 있는 남자를 일으켜 세웠다.

"가시면 됩니다."

"고맙습니다."

남자가 사라지자 안재수는 안정된 마음으로 지하실에 드러누운 놈들을 보았다.

"마음 같아서는 다 죽이고 싶지만… 내가 살인마도 아니고 그냥 가자. 이 정도면 다시는 우리 동네에 나타나지 못하겠지."

안재수는 기분이 복잡하고 미묘해졌다.

✦ ✦ ✦

엄마가 거실에 이불을 깔며 말했다.

"아들, 오늘은 우리 같이 자자."

그런 엄마를 보며 안재수는 속으로 깊은 한숨을 쉬었다.

'시간을 되돌릴 수만 있다면 서울에 있는 대학에 응시하고 싶다. 그럼 엄마와 떨어질 필요가 없는데. 아, 마법을 조금 더 일찍 알았다면……. 엄마, 미안해.'

하지만 그런 티를 내고 싶지 않아 안재수는 투덜거렸다.

"군대 가는 것도 아니고, 겨우 몇 달 떨어져 있을 뿐이야. 6월 말이면 여름방학이고. 그때는 또 집에서 하루 종일 뒹굴거릴 텐데."

"아들, 그래서 싫다는 말?"

안재수가 벌렁 드러누우며 웃었다.

"아, 좋다. 얼마 만에 엄마랑 같이 자는 거지?"

"기억 안 나? 초등학교 5학년 때 친구들은 모두 자기 방이 있다고 침대 사 달라고 떼쓴 거?"

"하하하, 내가 그랬나?"

"하도 울고불고 난리를 피워서, 그날로 침대를 사서 방을 따로 사용했단다."

엄마랑 누워서 천장을 바라보자 어릴 적 기억들이 떠올랐다.

"엄마, 내가 초등학교 때 축구부였잖아. 엄마가 공부해야 한다고 말리는 바람에 축구를 그만두었는데, 사실 그때 축구부 그만두고 숨어서 참 많이 울었다."

"알고 있었어."

"진짜? 어떻게?"

"눈이 퉁퉁 부어서 들어오는데 엄마가 돼서 그걸 모르겠니."

"그때 축구 계속했으면 프로가 될 수 있었을까?"

엄마가 고개를 옆으로 돌려 안재수를 바라보았다.

"아들, 비밀 하나 가르쳐 줄까?"

"무슨 비밀?"

"사실 그때 축구부를 그만두게 한 건 엄마의 뜻이 아니었어."

"정말?"

처음 듣는 말이었다.

"코치님이 따로 부르더라. 네가 체력이 너무 약해서 부상이 자주 발생한다고. 소질은 있지만 축구를 계속하기에는 어려울 것 같다고."

그런 일이 있었구나. 나는 그것도 모르고 한동안 엄마를 얼마나 원망했던가.

안재수가 씨익 웃으며 말했다.

"코치님이 고맙네. 사실 나도 부상이 너무 잦아서 고민이었어. 축구부원들이 유리 몸이라고 엄청 놀릴 정도였으니까. 그래도 지금까지 속인 건 너무 심했다."

"아들 마음이 상할까 그랬어. 이해하는 거지?"

"당연하지. 축구 선수 안재수보다는 경찰 안재수가 더 어울려."

"고마워, 아들."

안재수가 엄마의 손을 꼭 잡았다.

"참, 엄마. 내일부터는 식당 마치고 집에 올 때 마을버스로 환승해서 와. 아파트 단지 앞에 서잖아."

"귀찮아. 버스 한 번만 타면 되는데."

"버스 정류장에서 아파트까지 많이 걸어야 되는데, 마을버스로 환승하면 바로 앞에서 내리잖아. 근데 뭐가 귀찮아."

"10분도 안 걸려. 그리고 그 정도는 걸어 줘야 건강에도 좋아."

고집을 피우는 엄마에게 안재수가 단호하게 말했다.

"우리 동네에서 여자들만 노리는 범행이 몇 번이나 일어났대. 그러니까 안전을 위해서라도 내 말대로 해."

"나도 들어서 아는데, 조심하면 돼."

안재수가 깜짝 놀라며 엄마를 쳐다보았다.

"알고 있었어? 그런데 왜 말을 안 했어?"

"네가 걱정할까 싶어 그랬지. 그리고 엄마처럼 나이가 많은 여자는 범인들도 안 건드려."

"엄마!"

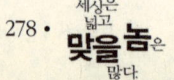

안재수가 고함을 지르자 엄마는 깜짝 놀랐다.

"얘가 갑자기 고함은."

"나도 이제 성인이야. 애가 아니라고. 내 걱정은 안 해도 돼."

괜히 성질이 났다. 자나 깨나 아들 걱정만 하는 엄마가 너무 안쓰러워서 그랬다.

"내 눈에는 늘 어린애 같아."

"엄마, 어린애로 봐도 좋으니까 내 말 좀 들어줘. 마을버스로 환승하는 거야."

"그래, 아들. 내일부터는 꼭 마을버스 타고 올게."

확인할 수가 없었다. 내일이면 떠나야 했다.

안재수가 엄마 옆에 붙으며 말했다.

"내일 식당에서 육개장 먹고 가야겠다."

"아니, 그냥 가."

"왜?"

"떠나는 아들 뒷모습을 보면 울 것 같아서 그래. 그냥 가."

울컥했다.

"미안해, 엄마."

"뭐가 그리 미안하다고 그래."

"엄마를 떠나고, 또 다른 여러 가지들이."

"어차피 결혼하면 분가할 거잖아."

"아닌데. 엄마랑 같이 살 거야."

"요즘 여자들은 시집살이 안 한다."

"그런 여자하고는 결혼 안 해. 나는 엄마랑 같이 살겠다고 약속하는 여자와 결혼할 거다."

"됐네. 결혼할 여자 만나면 시엄마는 혼자 사는 게 훨씬 편하다고 전해라."

안재수는 웃고 있었지만 다짐을 했다.

'두고 봐. 평생 엄마랑 같이 살 거야.'

그러고는 엄마 품으로 파고들었다.

"엄마 냄새가 좋아."

"얘가 징그럽게 왜 이래. 저리 가! 홀아비 냄새 난다."

하지만 엄마는 흐뭇한 미소를 지으며 잠들었다.

'엄마, 내가 잘할게. 조금만 기다려 줘.'

아쉬움과 설렘, 그리고 약간의 두려움이 안재수를 쉽게 잠들지 못하게 했다.

✦ ✦ ✦

예매한 시간보다 조금 일찍 서울역에 도착한 안재수는 편의점에서 아메리카노를 사서 마셨다.

'별다방 커피 맛은 좋은데 너무 비싸. 편의점 아메리카노가 가성비로는 최고지.'

즐겨 마시는 아메리카노에 만족하며 서울역사를 둘러보

다가, KTX 탑승 시간이 가까워지자 화장실에 들렀다.

"미리 볼일을 봐야 편안하게 마법서를 볼 수 있지."

대전까지 방해를 받지 않고 마법서만 볼 참이었다.

시원하게 볼일을 보는데 어디서 담배 냄새가 났다. 담배를 피우지 않아 담배 냄새가 더 역겨웠다. 그때 마침 청소하는 아주머니가 들어왔다.

"누가 담배를 피워요?"

그 소리에 화장실에 있는 남자들도 담배 연기가 올라오는 칸을 쳐다보았다.

쾅쾅쾅!

아주머니가 문을 세게 두드리며 고함을 질렀다.

"여기서 담배 피우면 안 돼요!"

"아, 씨X. 알았으니까 그만 떠들어."

담배를 피우는 남자가 오히려 욕을 하자 아주머니도 화를 냈다.

"담배 피우면 안 된다고 하는데 왜 욕을 해요!"

"에이, 알았다고 하잖아."

문이 열리더니 눈꼬리가 올라간 20대 초반의 남자가 나오며 다시 욕을 했다.

"씨X, 화장실에서 담배 좀 피울 수도 있는 거지. 쪽팔리게 왜 고함을 질러!"

"쪽팔린 거 아는 사람이 화장실에서 담배 피우는 것도 모자라서 욕을 해요?"

아주머니도 지지 않고 맞받아치자 남자의 인상이 험악해졌다.

"청소나 하는 년이 어따 대고 지랄이야. 잘리고 싶어!"

"년? 젊은 사람이 어디서 버르장머리 없이 욕을 입에 달고 살아!"

"이런 씨X! 늙은 년이 죽으려고 환장을 했나."

"뭐라고! 이 새끼가!"

아주머니가 분을 참지 못해 욕을 하자, 남자가 주먹을 쥐고는 때리려고 했다.

"청소나 하는 주제에 욕을 해?"

"지금 뭐 하는 거야?"

안재수가 더 이상 참지 못하고 나서자 남자가 멈칫거렸다.

"넌 뭐야?"

"나? 화장실에 볼일 보러 온 사람이다."

"그럼 볼일이나 봐. 남의 일에 상관하다가 다치지 말고."

남자는 얄팍한 입술에 비웃음을 달고 안재수를 노려보았다.

"남의 일? 금연 구역에서 담배 피우는 것도 모자라서, 나이 드신 분에게 행패를 부리는 짓이 남의 일은 아니지. 대한민국의 남자라면 당연히 참견해야 하는 일이다."

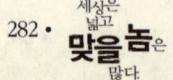

"이 새끼가."

대뜸 주먹을 날리자, 안재수가 헤이스트로 슬쩍 피하며 팔목을 잡았다.

"이러다 네가 진짜 다친다."

"이 새끼가! 이거 안 놔!"

"사과해. 그럼 놔주지."

남자는 안재수에게 팔목을 잡힌 채 버둥거렸다.

'이 자식 힘이 왜 이렇게 세! 씨X!'

"우선 이거 놓고 이야기하자. 그래야 사과도 하지."

남자가 알았다고 고개를 끄떡이자 안재수는 팔목을 놔주었다. 그러자 지켜보던 사람들도 한마디씩 하며 남자를 나무랐다.

"어허! 젊은 사람이 왜 그래. 나이 드신 분에게 욕이나 하고."

"금연 구역에서 담배 피우면 안 되죠. 그쪽이 잘못했잖아요."

사람들이 일제히 뭐라고 하자 남자는 움찔하면서도 기가 죽지 않았다.

"이것들이 단체로 지랄이야."

"야, 왜 그래?"

그때 화장실로 덩치가 있는 젊은 남자 2명이 들어오자 남자는 기가 살았다.

"씨X! 담배 피웠다고 청소하는 늙은 년이랑 이것들이 단체로 나를 깔아뭉개려 하네."

젊은 남자 2명이 합세하자 사람들이 눈치를 보더니 슬금슬금 나갔다.

"야, 막아. 저것들이 떼로 덤비더니 어디를 내빼는 거야!"

남자의 말에 2명이 문을 가로막자 사람들은 안절부절못했다. 남자들이 덩치가 있기도 했지만, 누가 봐도 불량해 보였기 때문이다.

"여보세요? 여기 서울역 2층 화장실인데 깡패들이……."

아주머니가 재빨리 신고를 하자 남자가 확 밀치며 휴대폰을 빼앗았다.

"이년이 진짜로 미쳤나."

휴대폰을 벽에 던진 뒤 아주머니를 때리려고 팔을 휘두르던 남자는 갑자기 부르르 떨며 몸을 꼬았다.

"악! 저, 전기."

안재수가 라이트닝을 발사한 것이다. 사람들이 보는 데서 싸웠다가는 폭행 사태에 휩싸일 게 뻔해서 마법을 펼쳤다.

"왜 그래?"

문을 막고 있던 2명이 놀라서 뛰어오자 안재수는 재차 라이트닝을 발사했다.

"아악!"

라이트닝을 맞은 남자를 부축하던 남자마저 전기에 감

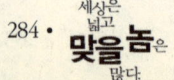

전되어 몸을 비비 꼬자, 다른 한 명은 근처로 다가오지 않고 멈추었다.

"전기 합선이 된 모양이야."

사람들이 멀리 떨어지며 난리를 피우자, 안재수는 다른 한 명에게 새로 배운 마법을 걸었다.

'콜드 빔을 시험해 보자.'

콜드 빔은 냉기가 응축된 작은 덩어리를 쏘아 보내는 마법이었다.

'발사.'

안재수의 손에서 허연 김이 나는 작은 덩어리가 발사되었다.

뜨끔.

남자가 휘청거리더니 오른쪽 발목을 잡고 주저앉았다.

"내 발목!"

'아직 숙달되지 않아서 그런가? 위력이 생각보다 세지 않네.'

안재수가 아쉬워하며 입맛을 다실 때, 라이트닝을 맞은 2명이 충격에서 벗어나고 있었다.

"여기 뭐야! 전기가 왜 일어나."

안재수는 사람들의 시선을 피해 재빨리 콜드 빔을 두 방 날렸다.

"악!"

쿠당탕탕!

2명이 화장실 바닥에 미끄러지듯 넘어지자 안재수는 회심의 미소를 지었다.

'확실히 연습을 하니 낫네.'

위협을 가하던 남자들이 화장실 바닥을 기자 사람들은 신기해하며 웅성거렸고, 몇 명은 재빨리 경찰에 신고했다.

"아주머니, 여기 휴대폰."

안재수가 당황하고 있는 아주머니에게 다가가서 휴대폰을 건네주었다.

"어머! 멀쩡하네. 학생, 고마워요."

휴대폰이 박살 났다고 생각했던 아주머니는 그것을 받아들고 좋아했다. 안재수가 헤이스트로 휴대폰을 낚아챘다는 사실을 아무도 모르고 있었다.

"시간 다 됐다."

잠시 후, 안재수는 KTX를 타러 가면서 경찰들이 화장실로 뛰어가는 모습을 보고 아쉬워했다.

"저런 양아치들은 비 오는 날 먼지 나게 맞아야 되는데 아깝다."

우연도 이런 우연이 없었다. KTX 옆 좌석에 김지은의 베프 오은성이 후배들과 앉아 있었다.

"어? 너!"

오은성이 아는 체를 하자 안재수가 얼른 인사를 했다.

"안녕하세요, 누나."

오은성이 대뜸 안재수의 옆자리에 앉았다.

"너, 폰 번호 바뀌었지?"

목소리가 곱지 않았다.

"어떻게 아세요?"

"내가 같이 내려가려고 전화했었어."

안재수가 머리를 긁적이며 말했다.

"미리 연락하려고 했는데. 헤헤헤! 그만 잊어버렸어요."

"그런데 왜 지은이는 알고 있지?"

바뀐 번호를 김지은에게 알려 준 게 들통 나자 안재수가 웃으며 대답했다.

"아… 그게……. 죄송해요."

"너 그러는 거 아니다. 학교생활은 지은이하고 하는 게 아니라 나랑 하는 거야."

"죽을죄를 지었어요."

"내가 바뀐 번호로 연락을 하려다가 자존심이 상해서 관뒀다. 알아?"

안재수가 미안하다며 몇 번이나 사과를 하자 오은성의 표정이 나아졌다.

"인사해. 나이는 적지만 내 의대 동기들이다. 너희들도 인사해. 경명대 신입생이야."

"안녕하세요. 경명대 경찰행정학과 신입생 안재수입니다."

안재수가 씩씩하게 일어나서 인사를 하자, 2남 1녀의 오은성 일행도 마주 인사를 건넸다.

"잘생겼지? 운동도 열심히 해서 몸도 좋……. 어? 몸이 더 좋아졌네."

오은성이 어깨와 팔을 떡 주무르듯 만지자 안재수가 싫은 내색을 하지 못한 채 몸을 뺐다.

'이 누나가 왜 이래. 이러다 이상한 소문 나는 거 아닌지 몰라.'

걱정과 달리 일행은 별로 놀라지 않았다.

"언니, 그만해요. 그러니까 남자 후배들이 언니를 피하는 거라고요."

상습범이었다.

"누나, 우리는 경고했어요. 한 번만 더 만지면 누나 안 본다고."

남자들까지 가세하자 오은성이 코웃음을 쳤다.

"너희들은 만질 가치가 없는 몸이야. 밤낮없이 공부만 해서 볼품없는 몸을 왜 만져."

오은성이 음흉한 미소를 지으며 안재수에게 다가왔다.

"만지려면 이런 멋진 몸을……. 어머!"

안재수가 슬쩍 라이트닝을 가볍게 걸자 오은성이 깜짝

놀랐다.

"무슨 정전기가 이렇게 세?"

오은성은 정전기가 일어난 걸로 착각하고 다가왔지만 안재수는 기회를 주지 않았다.

"엄마! 왜 이래!"

두 번이나 깜짝 놀라고서야 오은성은 못된 손을 가만두었다.

"이상하네."

오은성이 진짜 성추행하는 게 아니라는 걸 알고 있기에 안재수는 이 정도에서 끝을 냈다.

"방은 잡았어?"

"기숙사에 들어가요."

"오! 공부 좀 했는걸. 기숙사에 입주하려면 학과 수석이나 차석 정도 되어야 하는데."

의대생에게 공부 좀 했다는 말을 듣기에는 어색했다.

아니나 다를까. 남학생 2명이 묘한 표정을 지었다. 비웃음이 섞인 표정인 듯했다.

'SKY 의대생들도 너희들 보면 비웃을지 모른다. 경명대 의대가 전국 의대 서열 꼴찌잖아.'

괜한 자격지심에 기분이 나빴다.

"잘됐다. 여자 기숙사와 남자 기숙사가 붙어 있어서 앞으로 자주 보겠네."

오은성은 자신의 자리로 돌아갈 생각을 하지 않았다.

"누나, 자리 주인이 올 텐데 안 가요?"

"괜찮아. 오면 그때 비켜 주면 돼."

오은성이 옆에 앉아 조잘대는 바람에 대전에 도착할 때까지 마법서를 보려던 계획은 완전히 틀어졌다.

대전역에 도착할 때까지 옆자리의 주인은 오지 않았고, 안재수는 무차별적인 오은성의 수다에 시달렸다.

"재수야, 우리 밥 먹으러 가자. 내가 대전의 맛집으로 안내할게."

"언니, 우리 늦었어요. 밥 먹을 시간 없어요."

"그래요. 이러다가 모임에 늦겠어요."

나이 어린 동기들이 닦달하자 오은성이 귀찮다며 입을 막았다.

"알았으니 그만 떠들어. 좀 늦었다고 맞는 것도 아닌데 호들갑은. 재수야, 그냥 가자."

오은성이 앞장서자 안재수가 고개를 저었다.

"신입생은 내일 입학식 끝나고 기숙사 앞에 모이라고 하던데요."

"아, 그렇지. 참, 내 정신도. 나도 작년에 겪어 놓고 잊어버렸다. 무슨 놈의 규칙이 그런지. 그냥 한꺼번에 같이 입주하면 될걸."

"저는 대전에서 하루 자고 입학식에 맞춰서 갑니다."

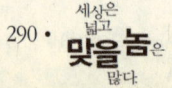

"어디서 자려고? 아는 모텔 있어? 내가 싸고 괜찮은 모텔 알아봐 줄까?"

엄마처럼 잔소리를 멈추지 않는 오은성에게 안재수가 스마트폰을 꺼내 흔들었다.

"'요기 어때' 앱으로 이미 예약을 했어요."

"오! 제법인데. 하여간에 요즘 애들은 스마트폰 없으면 살 수 있을지 몰라."

그래 봤자 3살 차이밖에 나지 않았다.

"그럼 학교에서 보자."

아쉽다며 손을 흔드는 오은성 옆에서 여학생이 웃으며 인사를 했다.

"다음에 봐요."

"네, 선배님."

하지만 남학생들은 고개만 까딱거리고 먼저 가 버렸다.

'자식들이 의대생이라고 엄청 뻐기네.'

안재수도 고개만 까딱거려 주고 헤어졌다.

✦ ✦ ✦

안재수는 모텔에 도착하자마자 여행용 가방을 던지고 침대에 누워 마법서를 보았다. 콜드 빔의 매력에 완전히 빠져 다른 마법을 빨리 찾고 싶었다.

"뭐야? 이거 또 전투 이야기만 나오잖아."

전투 이야기도 재미있었지만 마법에 비할 바는 아니었다. 하지만 여전히 페이지를 넘길 수 있는 능력은 없었다.

"지난번에는 어떻게 했지? 캔슬레이션이라는 탈출 마법이 떴었는데."

그 후로 수백 번의 시도를 해 보았지만 같은 일은 더 이상 일어나지 않았고, 결국 포기하고 열심히 마법서를 읽고 있었다.

"켈트족은 음주가무를 즐기는 수준이 아니라 목숨을 걸고 마시고 노네. 칼 위에 사는 인생이라서 그런가."

김지은의 권유로 읽기 시작한 무협 소설은 안재수의 새로운 취미 생활이 되었다. 그 전에는 스트레스를 풀기 위해 마니아적인 취미 생활에 빠져 살았다.

음악은 극소수의 마니아층을 형성하는 데스 메탈만 듣고, 종합격투기 동영상 수백 기가를 다운받아서 보고, 또 봤다.

영화도 살인마가 등장하는 피범벅 슬래셔 무비와 권선징악을 내건 홍콩과 태국 액션 영화를 좋아했다.

"마법서에는 그런 덕후적인 마법은 없을까? 한 방에 적들을 초토화시키는 그런 마법 말이야. 하기는 그런 마법이 있었으면 켈트족이 세상을 정벌했겠지."

순간 마법서가 흔들리며 흐릿해졌다. 선명한 핏빛이 마법서에 흘러내리려는 순간, 안재수가 일어났다.

"배고프다. 배고픔을 해결해 주는 마법이 없는 이상 먹어야겠지. 자, 미리 검색해 둔 대전의 맛집을 찾아가 보자."

안재수의 손바닥이 다시 원래의 색으로 돌아왔다.

모텔을 나서는데, 한눈에 봐도 어색한 커플이 입구에서 실랑이를 벌이고 있었다.

중년의 남자와 미모의 20대 여자였다.

"교수님, 여기는 모텔이잖아요."

"몰랐어? 내 연구실이 여기 모텔이야."

"그래도 모텔에 들어가기가……."

"어허! 내가 다른 마음이 있어서 그러는 게 아니야. 자네 졸업 학점에 도움을 주려고 그래."

교수라는 말에 안재수의 귀가 쫑긋거렸다.

'저 아저씨가 교수라면 여자는 학생? 이게 말로만 듣던 교수와 학생의 부적절한 관계?'

예전이었다면 모른 척하고 지나가거나, 관심을 두지도 않았을 것이다. 하지만 지금은 달랐다.

'잠깐만 지켜보자.'

안재수가 지켜보는 것도 모른 채, 두 사람은 계속 실랑이를 벌였다.

"저 집에 갈래요."

여자가 몸을 돌리려 하자 중년의 남자가 급히 팔을 잡았다.

"왜 이래?"

"이건 아닌 것 같아요. 내일 학교에서 뵐게요."

여자는 팔을 뿌리치려 했지만, 중년의 남자가 쉽게 놔주지 않았다.

"내 호의를 이런 식으로 거절하면 어떻게 되는지 알고나 그래? 니 학점으로는 대기업은커녕 대전의 중소기업에도 취직은 어려워."

"제가 알아서 할게요."

"어떻게? 지방대 출신의 여자를 채용해 줄 곳은 없어. 빵빵한 스펙에 평점 4.0이라도 정규직은 하늘의 별 따기야. 하지만 내가 추천서를 써 주면 달라져."

여자의 표정이 달라졌다. 단호하게 거부하던 몸짓도 어느새 풀어져 있었다. 중년의 남자의 위협과 설득에 넘어가고 있다는 뜻이었다.

"H대에 있을 때도 이름만 대면 아는 기업에 취업을 시켜 준 제자들이 한두 명이 아니야. 내 추천서 한 장이면 대전은 물론이고 서울의 유명 회사에 인턴으로 들어갈 수가 있어. 물론 정규직 전환이 보장되는 인턴으로."

중년의 남자는 여자의 몸에서 힘이 빠지는 걸 느끼며 허리를 껴안았다.

'서울에도 이 정도 몸매와 페이스가 되는 애들은 드물어. 흐흐흐! 오늘 너는 새로운 세계를 경험하게 될 거야.'

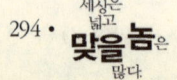

중년의 남자의 얼굴에 탐욕과 욕정이 뒤엉키는 모습을 목격한 안재수는 기분이 더러워졌다.

"개새끼."

분노가 일어났다. 학점과 취업을 미끼로 제자의 몸을 탐하려는 놈은 스승이라는 이름을 달면 안 된다고 생각했다.

'내가 최경도 패거리에게 당하고 있는 걸 알면서도 모른 척하고 넘어간 한국고 선생들과 똑같은 놈이야.'

하지만 함부로 행동하지는 않았다. 만약에 여자가 유혹에 넘어가면 그냥 지나치기로 결심했다. 어차피 자기 인생은 자신이 결정해야 한다고 생각했다.

중년의 남자가 허리를 안고 모텔로 데리고 가려는 순간, 여자가 입술을 깨물며 단호하게 거부했다.

"교수님, 죄송해요."

여자는 허리를 안고 있는 중년의 남자의 팔을 뿌리치고 몸을 빼냈다.

"너 진짜."

중년의 남자가 여자를 노려보더니 팔을 잡아챘다.

"이리 와."

"싫어요."

여자가 뿌리치자 중년의 남자는 완력으로 여자의 팔을 잡아끌었다.

"누나!"

그때 안재수가 여자에게 뛰어갔다.
"여기서 뭐 해?"

제11장

악연 (2)

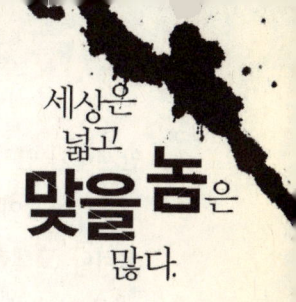

 느닷없이 등장한 안재수로 인해 두 사람은 순간 곤혹스러운 표정을 지었다. 하지만 여자는 이내 눈치를 채고는 자연스럽게 대꾸했다.
"민우야."
 여자가 아는 체를 하자 중년의 남자는 잡고 있는 여자의 팔을 슬쩍 놓았다.
"누구야?"
 안재수가 중년의 남자를 힐끗 보며 묻자 여자가 웃으며 대답했다.
"우리 학과 교수님이셔."
"누나 교수님이시구나. 안녕하세요."

안재수가 인사를 하자 중년의 남자는 어색하게 웃었다.
"그래, 동생이라고?"

그러다 모텔촌에 갑자기 나타난 불청객에게 의심의 눈초리를 보내자, 안재수는 아주 자연스럽게 여자와 팔짱을 꼈다.

"누나, 여기가 내가 청소 알바하는 모텔이야. 처음 와 보지?"

"그래. 힘들지 않아?"

"오늘까지만 하고 그만둘 거야. 내일부터는 나도 학교에 가야지."

안재수가 천연덕스럽게 행동하자 여자도 동화되고 있었다.

"그런데 여기에는 왜 온 거야?"

이번에는 안재수가 교수를 향해 의심의 눈초리를 보냈다.

"교수님이 여기에 묵고 계셔서……."

"그래? 우리 모텔에 장기 투숙객은 없는 걸로 아는데? 아닌가?"

슬쩍 넘겨짚자 중년의 남자는 눈에 띄게 당황했다.

"그만 가 봐. 내일 보자. 하하하!"

얼른 가라며 손짓까지 하자 안재수는 인사를 하고는 여자와 팔짱을 낀 채 걸어갔다.

"당황하지 말고 천천히 걸어가세요."

그제야 여자는 긴장이 풀리는지 한숨을 내쉬었다.
"고마워요."
"고맙긴요. 나쁜 일 당하지 않아서 다행입니다."
여자가 입술을 깨물며 바르르 떨었다.
"내일이 걱정되시죠?"
정곡을 찌르는 말에 여자는 아무 말 없이 눈물을 흘렸다.
"걱정 마세요. 사람 일이라는 게, 당장 내일 무슨 일이 벌어질지도 모르는데. 재수가 좋아 당분간 못 볼 수도 있잖아요."

여자가 쓴웃음을 짓자 안재수는 마나를 운용하며 마법을 펼칠 준비를 했다.

'저런 새끼를 용서하면 안 돼. 주먹으로 면상을 으깨고 싶지만, 지금은 이게 더 효과적이야.'

슬쩍 뒤를 돌아보니 중년의 남자는 중얼거리며 자리를 벗어나려고 했다.

'이거나 먹어라. 콜드 빔!'

안재수는 중년의 남자의 중심부에 위치한 남성의 상징을 향해 전력으로 콜드 빔을 날렸다.

"윽!"

그러자 그는 숨넘어가는 소리를 내뱉으며 거기를 부여잡고 앞으로 고꾸라졌다.

'크크크! 거기에 동상이 걸려 당분간 오줌도 못 쌀 거다.

재수가 없으면 영영 그 짓거리도 못할 거고.'

안재수는 쾌재를 부르며 여자를 모텔촌 밖으로 데리고 갔다.

"저는 오늘 아무것도 못 봤습니다. 안녕히 가세요."

그리고 대로변으로 나오자마자 팔짱을 풀고 인사를 했다. 여자를 위한 배려였다.

"고맙습니다."

어떤 식으로든 고마움을 표시하고 싶었지만, 오늘 일은 영원히 잊고 싶어서 여자도 인사만 하고 제 갈 길을 갔다.

"괜히 내 기분이 좋아지네."

영화나 만화에서 보던 정의의 기사가 된 것 같았다.

"자, 이제는 원래 계획대로 대전의 맛집을 방문해 볼까."

안재수의 발걸음이 가벼워졌다.

✦ ✦ ✦

"우와! 손님 많다."

안재수는 대전의 명물 성XX에 들어가며 입을 쫙 벌렸다.

"빵도 엄청나네."

손님들만큼이나 빵 종류가 다양하고, 쌓아 놓은 양도 어마어마했다.

"대전 부르스 떡? 이름이 신기하네."

하나 고르고 이것저것 구경하는데, 시식만으로도 배가 부를 정도로 시식 인심이 후했다.

"튀김 소보로와 부추 빵은 무조건 먹어 보라고 했겠다."

명성이 자자한 빵들만 담았는데도 야식으로 먹기에는 양이 많았다.

"계산하고 나가자. 더 있다가는 여기 있는 빵들을 다 사 버리겠어."

아쉬움을 무릅쓰고 나온 뒤, 다음 코스로 걸음을 옮겼다.

"대전의 명동이라고 불릴 만하네. 사람도 많고, 가게도 많고 휘황찬란해."

저녁이 되면서 네온사인에 불이 들어오자 거리는 활기로 넘쳐났다.

"여기쯤 해피 스테이크가 있을 텐데. 아, 저기다."

젊은 연인들이 많이 찾는다는 대전 은행동의 명물 해피 스테이크로 들어갔다가 곧바로 후회를 했다.

"전부 커플이네. 솔로들은 스테이크도 먹지 말라는 거야, 뭐야."

빈자리도 없을뿐더러 남자 혼자 스테이크를 먹기에는 주위 환경이 극악이었다.

"여기는 패스."

뒤도 돌아보지 않고 나와 다음 코스로 옮겼지만, 커플 천국 솔로 지옥은 어디나 마찬가지였다.

"아, 이놈의 도레미파솔로 신세라니."

안재수는 스마트폰으로 대전 은행동 맛집을 검색하다가 신경질을 내며 덮어 버렸다.

"에이, 이 시간에 혼자서 맛을 음미할 수 있는 가게는 없어. 모텔에 들어가서 빵이나 먹을까."

빵이 가득 들어 있는 봉지를 내려다보다가 고개를 흔들었다.

"내일부터는 대전에 나올 시간이 없을지도 모르는데 오늘 마음껏 즐겨야지."

인터넷 검색을 통해 어느 대학이든 경찰행정학과가 얼마나 군기가 빡센지 알고 있었다. 그래서 지금 이 시간이 소중하게 느껴졌다.

"좋아. 앞으로 다시 볼 사람들도 아닌데 쪽팔릴 게 뭐 있어. 계획했던 대로 밀고 나가자."

혼자 파이팅을 외치며 커플들이 바글거리는 전장으로 뛰어들었다.

"여기 주문 받으세요."

혼자 자리를 차지했다고 주인이 눈총을 주든 말든, 주위 커플들이 쳐다보든 말든 안재수는 씩씩하게 행동했다.

"꺼억!"

트림이 절로 나왔다.

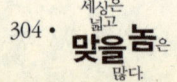

"너무 먹었어. 세 시간 동안 무려 다섯 곳을 돌아다녔……. 꺼억! 내가 미쳤어."

안재수는 빵빵해진 배를 만지며 옛 선조들의 가르침을 되새겼다.

"배부르고 등 따시면 최고다. 좋은 말씀이야. 이제 마지막으로 아메리카노가 기가 막히게 맛있다는 카페 '거기'에 들렀다가 모텔로 가자."

안재수는 젊은이들로 넘쳐나는 스카이로드를 천천히 걸었다. 하늘 천장에 LED를 이용한 스카이 뷰가 설치되어 있었고, 화려한 영상들이 춤을 추듯 펼쳐졌다.

✦ ✦ ✦

"에이! 졸라 재수가 없어도 이렇게 없을 수가 있나."
"내 말이 그 말이다."
"완전 똥 밟았어. 씨X!"

20대 초반의 남자들이 지나가는 사람들의 시선을 전혀 의식하지 않은 채 욕설을 내뱉었다.

"그 새끼가 틀림없어. 잡히기만 해 봐라."
"너는 기차에서부터 그 새끼, 그 새끼 하던데 어떤 놈을 말하는 거야?"
"있어. 졸라 기분 나쁘게 생긴 새끼."

"니가 말하는 그 새끼가 우리를 이렇게 만들었다는 말이야?"

"그건……. 하여간에 그 새끼 때문이야."

"그건 니가 알아서 하고, 우리 졸라 늦은 건 알지? 선배들이 우리를 죽이려고 할 거야."

선배라는 말이 나오자 세 놈은 한숨을 쉬다가 동시에 담배를 꺼내 물었다.

"택시 타고 빨리 가자."

"돈 없어. 아까 경찰서에서 있는 돈 다 털어서 합의금으로 줬잖아. 돈이 없어서 병원도 못 가는데. 아, 아파."

"니미! 그럼 어쩌라고."

쩔룩거리며 대전역을 나온 세 놈은 서울역에서 안재수와 시비가 붙었던 바로 그 양아치들이었다.

"이게 다 그 새끼 때문이라고!"

안재수에게 팔목을 잡혔던 놈이 고래고래 고함을 질렀다.

"야, 조용히 해. 다 쳐다보잖아. 쪽팔리게."

"뭘 봐. 사람 처음 봐!"

친구들이 말려도 그놈은 악에 받쳐서 방방 뛰었다.

'그 새끼만 아니었어도 경찰서에 갈 일은 없었는데. 아, 졸라 열 받아.'

친구들에게 사실대로 말하는 것은 창피해서 숨기고 있으니 더 열이 받았다.

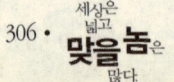

"야, 택시비 구해야지."

친구 놈이 어깨를 치며 눈짓을 했다.

"어쩌자고?"

"어쩌기는, 늘 하던 방법대로 해야지."

"쪽팔리게 그 짓을 다시 하자고? 그것도 어릴 때 놀았던 대전역에서."

"버스 타고 갈 거야?"

"야, 저기 어때?"

세 놈이 동시에 고개를 돌렸다.

"돈 좀 실린 것 같지 않냐?"

정장을 잘 차려입은 40대의 남자가 그들의 레이더망에 걸렸다.

"택시비는 나오겠네."

"애들은 카드밖에 없어서 재미없고, 딱 저 나이대의 개기름 흐르는 얼굴이 실패할 가능성이 낮아."

"어쩔 수 없지. 콜!"

먹잇감을 찾아 가는 그들 앞에 놓인 40대의 남자는 초원에 홀로 남겨진 한 마리 가젤과도 같았다.

"내가 딴다."

눈꼬리가 사나운 놈이 손가락 사이에 면도칼을 끼웠다.

"간만에 우리 승용이 실력 좀 보겠네. 크크크!"

초원에 홀로 남겨진 가젤을 사냥하기 위해 하이에나 3마리가 쩔룩거리며 포위망을 좁혀 갔다.

 안재수는 무려 30분을 기다린 끝에 카페 '거기'의 아메리카노를 테이크아웃 할 수가 있었다.
 "음, 향이 아주 좋아. 내 취향이야. 그럼 맛을 볼까."
 가볍게 입술을 대고 천천히 아메리카노를 마시며 걸어갔다.
 "아메리카노 좋아! 좋아!"
 노래가 절로 나왔다.
 "역시 줄을 서서 기다릴 만했어. 오늘의 MVP를 뽑는다면 단연 아메리카노야."
 실망한 곳도 있고 고개를 끄떡일 만한 곳도 있었지만, 카페 '거기'의 아메리카노는 엄지손가락을 치켜세울 정도로 최고였다.
 "별다방이나 천사다방보다도 훨씬 낫다. 식후에 꼭 들르라던 말이 맞았어."
 기분이 업되어 계속 노래를 흥얼거렸다.
 "다 좋은데 모텔에서 너무 멀리 온 것 같다. 택시를 타고 가야 하나. 아니야. 오늘 돈을 너무 많이 썼어. 도로를 타고 쭉 걸어가자."
 안재수는 대전의 야경을 즐기며 천천히 걸었다. 서울에 홀로 있는 엄마가 걱정되었지만 처음으로 맛보는 자유는 무척 달콤했다.

"제법 빵빵해."

"크크크! 요즘 현금 들고 다니는 사람이 많지 않은데 횡재했다."

"남은 건 병원비로 써도 되겠어."

세 놈은 택시 뒷자리에 앉아 낄낄댔고, 택시 기사는 세 놈의 행색을 보고 일찌감치 귀를 닫아 버렸다. 오랜 택시 기사 생활 동안 터득한 노하우였다.

'제발 무사히 돌아올 수 있게 해 주세요. 예수님, 부처님.'

택시 기사는 의도적으로 라디오 볼륨을 크게 올렸다. 대화를 듣지 않기 위해서였는데, 오히려 욕을 먹었다.

"어이, 아저씨. 여기 귀 먹은 사람 없어."

"볼륨 좀 낮추지."

"죄송합니다."

택시 기사는 라디오 볼륨을 낮추며 속으로 욕을 퍼부었다.

'개싸가지 새끼들. 어디서 반말이야.'

하지만 그런 기색은 전혀 내비치지 않고 오로지 운전에만 집중하려고 했지만 뜻대로 되지가 않았다. 대전 시내 도로가 차량들로 막혀 거북이 운행을 하고 있었다.

빵빵빵!

경적을 울려도 소용이 없었다. 앞차들도 비킬 공간이 없었다. 간선도로로 우회하려고 했지만 이미 거기도 막혀 있기는 마찬가지였다.

"젠장! 죄다 차를 끌고 나오니까 도로가 막히지. 우리처럼 대중교통을 이용하면 얼마나 좋아."

"요금 올라가는 소리 들린다."

"아저씨, 하금까지 3만 원 나오는 거 알지? 우리 속이려고 하지 마."

요금이 더 나와도 주지 않겠다는 반협박이었지만, 택시 기사는 어설프게 웃을 수밖에 없었다. 다만, 사납금 맞출 일이 걱정되었다.

"담배나 피우자."

"택시는 금연인 거 몰라?"

"기사들은 피우잖아. 맞지, 아저씨?"

"네네, 그러세요."

택시 기사의 허락(?)을 받고 세 놈은 담배를 죽어라 피워 댔다.

"차 졸라 밀리네. 선배들에게 욕 열라 먹겠다."

눈꼬리가 사나운 놈이 차창 밖으로 머리를 내밀고 시내를 다니는 사람들을 구경했다.

"누구는 팔자 좋게 놀러 나오고, 우리는 이 시간에 일하러 들어가고. 세상 불공평하다. 어? 저 새끼!"

눈꼬리가 사나운 놈이 갑자기 상체를 차창 밖으로 내밀며 손가락질을 했다.
"저 새끼가 여기에 있다니! 차 세워!"
"위험해!"
 옆 차선으로 차량이 지나가자 안에 있던 친구가 급하게 끌어당겼다.
"야, 미쳤어?"
 친구가 무슨 말을 하든 놈은 듣지 않았다.
"아저씨, 차 세워."
"인마, 여기는 도로 한복판이야."
"나도 알아. 하지만 저 새끼를 잡아야 돼."
 놈이 노려보는 곳에는 안재수가 아메리카노를 마시며 걸어가고 있었다.
"새끼야, 지금 가야 그나마 선배들에게 덜 맞아."
"시끄러워. 이래 맞으나 저래 맞으나 똑같아. 저 새끼를 아작 내지 못하면 내가 죽어."
 막무가내로 택시에서 내리려는 걸 막으려고 애쓰는데 휴대폰이 울렸다.
"씨X! 덕호 선배다."
 덕호 선배라는 말에 눈꼬리가 사나운 놈이 행동을 멈추었다.
"네, 선배님. 경환입니다."

통화를 하는 동안 두 놈은 쥐 죽은 듯이 가만히 앉아 있었다. 하지만 눈꼬리가 사나운 놈의 시선은 점점 멀어지고 있는 안재수에게 꽂혀 있었다.

'여기서 놓치면 다시 잡을 기회가 없어.'

그는 택시 문고리에 손을 얹고 있었다.

"네, 선배님. 늦어도 20분이면 도착합니다. 네, 네, 알겠습니다."

경환은 통화를 마치자마자 한숨을 쉬며 말했다.

"20분 안에 도착하지 않으면 죽을 각오하란다."

눈꼬리가 사나운 놈은 택시 문을 열까 말까 고민하다가 손을 내렸다.

'덕호, 그 미친놈만 아니면 내리는 건데. 하필이면 직접 연락을 할 게 뭐야.'

눈꼬리가 사나운 놈은 멀리 보이는 안재수를 노려보다가 길가의 간판 하나를 발견하고는 음흉한 미소를 지었다.

"경환아, 예전에 네가 다녔던 복싱 체육관 이름이 원 펀치였지?"

"그래. 왜?"

"요즘도 체육관 후배들과 연락하지?"

"며칠 전에도 후배들과 술 마셨는데 무슨 개소리야?"

"연락 좀 해라. 사람 하나 잡아 놓으라고."

"납치?"

"미친 새끼. 내일 내가 찾아갈 때까지 고이 모셔 놓으라는 말이지. 먹을 것 다 주고, 편안한 침대에 아주 고이고이."

친구들이 서로를 쳐다보고는 졌다며 고개를 저었다.

"미친놈. 알았다."

통화하는 소리를 들으며 눈꼬리가 사나운 놈, 조승용은 이를 갈았다.

'내일 보자. 꼭.'

그는 친구들 사이에서 독사로 불리는 만큼 빚지고는 못 살았다.

"휴! 제법 머네."

모텔촌으로 들어서며 안재수는 빵 봉지를 흐뭇하게 내려다보았다.

"야식으로 빵을 먹으며 마법 공부를 해야지. 아주 즐거운 시간이 될 거야."

새로운 마법을 기대하며 모텔로 걸어가는데, 발소리가 크게 들렸다.

"어이, 거기."

어디서 몰려왔는지 덩치가 있는 남자들 5명이 뚜벅뚜벅 걸어왔다.

"잠깐 좀 보자."

"뭡니까?"

안재수는 긴장감에 눈빛이 달라졌다.

낯선 도시의 밤거리에서 낯선 사람들이 기다렸다는 듯 몰려오는 일은 드물었다.

"우리가 용건이 있어서 그러는데, 같이 좀 가자."

실실 웃으며 다가오는 남자들의 모습에 안재수는 즉시 마나를 운용했다.

'무슨 일인지 모르지만 호의적이지는 않다.'

마나가 움직이자 긴장감이 눈 녹듯 사라졌다.

마나는 마법을 사용하기 위한 에너지이자, 마음을 진정시키고 머리를 맑게 해 주었다. 그리고 전신의 근육을 꿈틀거리게 만들었다.

"싫은데."

안재수가 싱긋 웃었다.

"어라? 이 자식이."

그러자 남자들은 뜻밖이라며 서로 시선을 교환했다.

"한 방 먹일까?"

"시끄럽게 하지 말고 그냥 데리고 가자."

잡아 놓은 사냥감을 요리할 방법을 의논하는 사냥꾼들처럼 떠들어 대는 모습에 안재수는 실소를 머금었다.

'운동깨나 한 덩치들이 왜 나를 찾아왔는지 모르겠지만, 나도 그냥은 안 보내.'

안재수는 온몸을 휘감는 마나를 느끼며 자신감이 충만

해졌다.

"너희들 뭐냐? 인신매매범이야?"

남자들이 안재수를 쳐다보며 웃었다.

"우리보고 인신매매범이래."

"푸하하하! 자식이 재미지네."

"인마, 형님들이 잠깐 시간 좀 내라는 것뿐이야. 얌전히 따라오면 안 때릴게."

남자들이 어깨를 풀며 다가오자 안재수는 두 손에 마나를 듬뿍 담았다.

"우리 동네 양아치들과는 많이 다르지만, 그래 봤자 너희들도 대전 양아치들이야."

안재수가 도발하자 남자들의 표정이 일그러졌다.

"뭐? 양아치?"

"이 자식이, 우리 원 펀치를 뭘로 보고."

남자들은 몸에 익은 스텝으로 들이닥치며 펀치를 날렸다.

"슬로우."

마법에 걸린 남자들의 행동이 슬로우 모션으로 변환되었다.

"지금부터 대전 양아치들을 응징한다."

안재수가 남자들에게 뛰어들었다.

"세상에는 맞을 놈들이 졸라 많아."

슬로우 모션이 걸렸지만 복싱 체육관에서 살다시피 하는

남자들도 만만치 않았다.
 순식간에 헤이스트를 사용한 재수가 남자들에게 달려들며 외쳤다.
"일단 맞고 보자!"

                              2권에 계속

www.mayabook.co.kr

www.mayabook.co.kr

www.mayabook.co.kr